相剋（そうこく）

警察小説傑作選

大沢在昌／藤原審爾／小路幸也
大倉崇裕／今野 敏
西上心太 編

PHP
文芸文庫

○本表紙デザイン＋ロゴ＝川上成夫

相剋（そうこく）　警察小説傑作選　目次

区立花園公園

大沢在昌

程度の差こそあれ、腐ったリンゴは、どの樽の中にもある。ほどほどに腐ったリンゴが困るのは、周りのリンゴも腐らせてしまうことだが、大森ほど腐ったリンゴになると、周囲が避けるので、心配はない。この男はいずれクビになるか、逮捕されるかのどちらかだろう、と私は考えていた。いずれにしても私の課ではないので、かかわりはない。西新宿のガード脇にある定食屋で昼食をとった帰り、その大森とばったり会った。

カシミヤのダブルのブレザーを着て、水色のポケットチーフをのぞかせている。手首にはめているのは金のロレックスで、人に訊かれると、「イミテーションだ」と答えているが、本物と私は見ていた。

鼻の下にたくわえたヒゲとオールバックの髪型もあって、とても刑事には見えない。

「これはまた、ひょんなところで」

大森は人なつっこげな笑みを浮かべた。目尻に寄る皺のせいで、優しげな顔になる。

「そこの天丼はうまいんだ」

私はでてきた横丁を目で示した。

「あんなもん食ってちゃ体壊しますよ。もうちっといいもん食べて下さいよ」

大森は顔をしかめた。

「五百円の天丼なんて、どんな油使ってるかわかったもんじゃねえ」

「美食家じゃないのでね」

大森は私の前を塞いでいて、どこうとしなかった。ランチタイムの終わりで、歩道を塞いでいる大森を、多くの人が迷惑げによけていく。たとえカシミヤのジャケットを着て、優しげな笑みを浮かべていても、ここは新宿だ。「邪魔だ、どけ」と、見知らぬ男に文句をつける愚は誰もおかさない。

「ちょっと、いいすか」

大森はいって、私の肩に腕を回した。目上の者にとる態度としては問題だが「マンジュウ」などに気がねはないというわけだ。

「何だい」

「茶でも飲みませんか。うまいコーヒー奢りますよ」

大ガードの向かいにある喫茶店を、大森は目で示した。

「午後から会議があってね。戻らなきゃならん」

「年末警戒の準備会議でしょ。気にすることはないですよ。どうせ署長が訓示たれて終わりだ。つきあって下さいよ」

大森は私の目をのぞきこんだ。活きの悪い魚は目でわかるというが、大森の目も同じだった。焦点がどこかぼやけていて、考えを読みとらせない。腹の中で相手をどう思っていても、薄い膜がそれをおおい隠している。

「このコートも古いっすね。俺が四係きたときには、もう着てましたよね」

私のコートの生地をつまんだ。

「気に入ってるんだ」

大森は首をふった。

「今度、バーバリーか何か、プレゼントしますよ」

「懐ろがあたたかいんだな」

「競馬でね。俺は馬券の天才なんで」

いつものセリフだった。新しい服を買ったり、若い署員に飯や酒を奢るたび、その言葉を口にする。

本気で信じている人間などいない。

大森は私を、信号が青になったばかりの横断歩道へ押しやった。

喫茶店に入り、向かいあった。私の分も勝手に、大森は、

「モカブレンドふたつ」

と注文した。ジャケットからラークとカルティエのライターをだした。パチリと蓋の音をたて、うまそうに煙を吹きあげる。

「おいしいな」

届けられたコーヒーをすすって、私はいった。昔は私も、サイフォンとアルコールランプでコーヒーを淹れることがあった。

もう何年も、インスタント以外のコーヒーを家では飲んでない。

「課長のとこにきた新人、どうです」

「さあ。新城君に任せているから」

新城は課長補佐だ。実質、私のかわりに課をひっぱっているという自負をもっている。彼の狙いは、公安への栄転だ。所轄の防犯などにいつまでもくすぶってはいられない、と考えているようだ。

それはそれで、まちがってはいない。

「いや、新城さんにもちくっといったんですがね、課長預かりなんだから、そっちにいってくれって」

「何か迷惑をかけたかな」

大森は困ったような笑顔になった。

「知っての通り、俺らの仕事ってのは、つきあい、なんですよ。互いの顔を立てあって、何かあったら、だすべきネタや人間をだしてもらうわけです。そういう関係にもっていくのに、一年や二年はかかる。それを、あの新人はぶっ壊してまわっている」

「ぶっ壊す？」

大森は髪をなでつけた。身を乗りだし、低い声でいった。

「四係なんか関係ねえって、いったらしいんです。俺は俺だ、逆らう奴はかたっぱしから咬んでやるって。どういうことです？」

「そんなことをいったのか」

「ええ」

「誰から聞いた？」

「そこら中ですよ。花井のとこや他もそうです。いったいどうなってんだって、俺の顔見ると、皆いいやがって」

「すると、あんたが苦情受付係になっているわけか」

私がいうと、大森は嫌な顔をした。

「そんなごたいそうなものじゃないですよ。けれど、いろいろ抑えこんできたもんが、あのハネあがりのせいで、いっぺんにハジけちまうかもしれないんです」

「なるほど」

「そうなったら課長も困りますよ。薬物強化の月間ノルマだって、うちの根回しがあったから、それなりの数字がでたんですから」

「そうだったのか」

「しっかりして下さいよ、課長でしょうが。聞くところによると、あいつ、キャリアなんだそうじゃないですか。それがどういう風の吹き回しで新宿に落っこちてきたかは知らないが、現場には現場のしきたりがあるってのを、ちゃんと教えて下さいよ」

「それは四係のしきたりで、うちのしきたりとはちがうようだな」

「何、わけのわかんないことをいってるんですか。しきたりはどこでもいっしょでしょうが。奴だけが好き勝手していいなんてルールはないんです。じゃないと、大(おお)怪我(けが)することになりますよ」

「大怪我？」

「調子くれた奴に小突き回された連中が、一度やってやるかって話になったんです。止めましたよ、もちろん俺が。何も知らない若造でハネあがりだろうと、署員は署員だ。手前(てめえ)ら、手をだしたら後悔するぞ、と。けど、限度ってもんがあります。かばいきれないんですよ」

「そうか、迷惑をかけたんだ。申しわけない」

私は頭を下げた。

「いいってことですよ。だから、あいつに、少しおとなしくするように、いって下さい」

私はコーヒーを飲んだ。大森はにらみつけている。

「たぶん、いっても聞かないだろう」

大森はうんざりしたように顔をそむけ、息を吐いた。

「いいんですか。奴が怪我しても」

「それでしきたりというやつを覚えるのなら、しかたがないな」

「いいんですね」

大森はラークを灰皿につきたてた。

「覚えなかったら、そのときはどうなる？」

「さあね」

すっかり私を蔑(さげす)んだ表情になって、大森はいった。

「本物の〝マンジュウ〟になるのじゃないですか」

当てこすりには気がつかなかったふりをした。

「ご馳走(ちそう)さん」

私はいって、腰をあげた。大森は、聞こえよがしに舌打ちをした。

課に戻ると、大半の課員が会議にでている中、当の新人は、机の上にファイルを広げていた。

「会議にでないのか」

「新城さんが、君はいい、と。まだこっちにきたばかりで、いろいろわからないだろうからといわれました」

新人の名前は鮫島といった。三十三だという。本庁公安の外事二課から半年前に、転任してきたばかりだ。

鮫島が新宿にきた本当の理由は、どこにも公にはされていなかったが、署員の大半はなぜか知っていた。

公安部長にタテついて、飛ばされたらしい。ヤバいネタを握っていて、渡そうとしなかった、それで懲罰人事をくらった。キャリアが警部のまま新宿なんて、懲罰以外ありえない、そんな噂が、きた当初からとびかっていた。

鮫島自身は、その噂に関して、否定も肯定もしていない。

しようがないのだ。鮫島に何かを教えてやろうとか、それ以前に、組もうという警官が署内にはいないからだ。

着任初日から、鮫島はひとりできて、ひとりで帰った。歓迎会も開かれなかった。

それを寂しいと思っているのか、いないのかすら、鮫島は言葉にしていない。

ただ、私には初日、

「ご厄介になります」

と挨拶した。そして、

「ご迷惑をおかけすることになるかもしれません」

と断わった。

「私は、ここにいてもいなくてもいい人間だ。気にせず、やりたまえ」

鮫島は一瞬、怪訝そうな顔をしたが、それ以上は何もいわなかった。

それからの彼の仕事ぶりは驚くべきものだった。ひとりで、署の管轄区域すべてを歩き回り、防犯課がかかわるべきなのに、見落としてきた、あるいは故意に見過してきた、事案の被疑者を次々と検挙した。階級は私と同じ警部なので、逮捕状の請求で、私をわずらわせることもなかった。

これまで、警察との共存関係にアグラをかいてきた暴力団にとって、彼の出現は、まさに青天の霹靂だった。容赦せず、逆らう者は公務執行妨害を適用してでも、かたっぱしからアゲていったのだ。

大森でなくとも、刑事課のマル暴担当はあわてふためいた。

突然、うちの人間をもっていかれたがどういうことなんだ、という抗議や問い合わせが、刑事課にあいつぎ、知らない、四係は動いていないと答えると、

「防犯の鮫島ってのがきた」

となって、また、あいつかと頭を抱える状況がつづいている。逮捕状の請求理由に遺漏はないし、書式として完璧なものを裁判所にだしているので、文句のつけようがないのだ。署員の多くが苦手とする、逮捕手続書、奥書の記入も、短時間でこともなげにすませてしまう。

書類仕事を得意とする刑事がいないわけではないが、そういう人間は基本、現場には向いていない。事務処理能力と捜査能力がここまで両立する警察官を、私は見たことがなかった。

キャリアだからできて当然だ、という者もいたが、そうともいえないことを、私は本庁勤務時代に見て知っている。

所轄署に配属されるキャリアは、通常、署長か副署長クラスの一名で、あとは実習勤務の若い警部補くらいのものだ。

それにひきかえ警視庁にはキャリアがごろごろいる。部長クラスはもちろんだが、各課長、参事官も多くが、キャリアだ。では彼らがすべて事務処理能力が高かったかといえば、そうではなかった。

学歴が申し分ないからといって、個人としての能力が優れているとは限らない。面倒な仕事を下に押しつける権力があるだけに、いつまでも進歩しない人間もいる。

鮫島は、私から見ても希有(けう)な人材だった。彼のような男は、本庁、警察庁でトントンと出世の階段を登っていておかしくはない。

それが警部のまま所轄に飛ばされ、あまつさえ生命の危険すらあると噂されるのは、よほどの理由があるにちがいなかった。

誰もがかかわりを避けるのは当然だ。自らの未来を閉ざされる可能性が高いだけではなく、巻き添えをくって殺されるかもしれないのだから。

警官が警官を殺すなど、あってはならないことだ。しかし、公安がからんだとき、充分にありうる。鮫島が今でも警察官でいるのは、彼をクビにできない理由があるからで、その理由を消去するには、鮫島の生命を奪うという手段しか存在しないかもしれない。

自らの手をよごさずにそういう手段を講じるのは、公安はお手のものだ。極左暴力集団に潜入させたエスを使って、目立ちたがりの活動家をそそのかせばいい。より穏便(おんびん)にすませたければ、日本国内にいる海外諜報(ちょうほう)機関の下請け工作員を使って、事故や自殺に偽装する手もある。

そうした危険に対して、鮫島が何らかの予防手段を講じているのか、私は知らないし、知りたくもなかった。

彼は彼で好きにやればいいのだ。

ここは新宿だ。火山地帯で穴を掘れば、たちどころにガスや温泉が噴きでてくるように、街をつつけば、犯罪は次々と現われてくる。そのひとつひとつに対処しているだけで、退官までの時間はあっという間に過ぎるだろう。

ふつうなら、同じ所轄署に退官まで勤務することはありえないが、鮫島と私だけは別だ。

理由は異なるが、私も転任がない。退官直前の半年か一年なら、あるいは署長退官という花道が用意されるかもしれないが、そこまでの十年は、おそらく新宿署にとめおかれる。

その理由は、鮫島とちがって私自身にある。

息子を失い、家族が崩壊した事故以来、私は生きることに興味を失っている。自殺しなかったのは、死んだ息子に申しわけないからだ。

あの子は六歳で死んだ。もっと生きる権利があった。なのに私が生き残ってしまった。死ぬことで、私の寿命をあの子に分け与えられるなら、喜んでそうする。

だがそうではない。だから私は生きている。

「課長」

鮫島が立ちあがった。机の前に立った彼を、私は無言で見た。

「今年やった、トルエン倉庫のガサ入れですが、二度やって二度とも失敗していま す」

「失敗？　確か、一斗缶（いっとかん）を押収したのではなかったか」

「狙いは藤野（ふじの）組ですよね。一斗缶ひとつなど、藤野が一日に新宿で捌（さば）く十分の一にもなりません」

「すると倉庫の情報がまちがっていたと？」

「まちがってはいません。ブツが現にあったわけですから」

「では何だというんだ」

鮫島は一拍おいて、いった。

「ガサ入れ用のミヤゲです。一斗缶ひとつを残し、他のブツはよそに移す。もしミヤゲがなかったら、ガサ入れが無駄になります。そうなれば、なぜそうなったかが問題になる。それを避けるためです」

私は黙っていた。鮫島はつづけた。

「一斗缶ひとつでも、押収は押収です。目的は果たしたことになります。そうでなければ、ガサ入れの情報が洩（も）れていたと思われる」

「つまり？」

私は鮫島を見つめた。

「情報洩れをつくろうための偽装です」

自分のいっていることの意味がわかっているのか、そういおうとして、言葉が喉（のど）につかえた。さっき飲んだモカブレンドのせいだった。

「どこから洩れている？」

課内は、私と鮫島の二人きりになっていた。

鮫島は首をふった。

「わかりません」

「この課だと思うか」

「ちがうと思います」

私は鮫島の目を見つめた。

「それは希望か？」

「いえ。防犯から直接は、危険すぎます。防犯の動きを聞ける、別の課から流れているのだと思います。ガサ入れに関する情報統制が徹底されていないのが原因です」

「君が先月踏みこんでゲンタイした倉庫にはどれだけあった？」

「トルエンが十缶、シャブが百パケです」

「藤野か？」

「花井でした」

どちらも管内の暴力団だ。

「花井にとっちゃ痛手だな」

「いたのはチンピラ二人です。たいしたことはありません」

「だが藤野に比べれば、ブツの量が多い」

「藤野は慎重です。売人を尾行しても、直接倉庫に近づきません。倉庫から荷を売人まで運ぶ係が別にいるんです」

「過去の二回のガサ入れのネタはどこからきた？」

「情報屋です。氏名は書いてありません」

ある絵図(えず)が頭に浮かんだ。

「わかった。情報屋の件は、私が当たろう」

鮫島はわずかだが驚いたような顔をした。

「私では心配か？」

「いえ」

私の目を見ずに鮫島は答え、席に戻った。

「ミラノ」は、歌舞伎町(かぶきちょう)の区役所通りにある高級クラブだった。そこに大森が入

っていくのを、私は覆面パトカーの中から見ていた。ミラノの前にはベンツが二台停まり、若い衆が立っている。全員が、

「ご苦労さまです」

と、大森に頭を下げた。花井組の組員たちだ。

「ミラノ」には、通常の客席以外に、VIPルームと呼ばれる個室があって、おそらくはそこに大森は呼ばれたのだろう。

マル暴担当の刑事が、当のマル暴と酒を飲んだとしても、それ自体はとがめられない。情報収集の一環だといえば、それまでだ。だがそれにしても、あからさまだ。

不意に覆面パトカーの前に立った人間がいた。鮫島だった。フロントグラスごしに私を見ている。私はドアロックを解き、助手席を示した。

鮫島は乗りこんできた。

「誰を尾けていた？」

「散歩です。偶然、課長が見えました。課長は？」

「人間観察だ。ここにこうして車を停めていると、いろいろなものが見えて、おもしろい」

鮫島と私は見つめあった。鮫島がふっと笑った。

「あれは花井組ですね」

「そうだ」

「景気がいいようだ」

「そうでもないだろう。一斗缶十箇(こ)とシャブ百パケは、けっこう痛い」

私は答えた。

三十分もしないうちに大森が「ミラノ」をでてきた。話が終わったようだ。鮫島が覆面パトカーを降りようとした。

「待て」

私は止めた。鮫島はふりかえった。

「あの男を知っていますよね」

「ああ、知ってる」

「昨夜、神楽坂(かぐらざか)のバーで、藤野の幹部と会っているのを見ました」

私は鮫島を見つめた。

「尾けたのか」

鮫島は無言で頷(うなず)いた。

「ああ見えても刑事だ。尾けられているのに気づくぞ」

「平然としていました」

嫌な予感がした。

「今日は尾けるのはやめておけ」

「なぜです?」

「なぜでも、だ」

大森は、鮫島が自分を監視していることに気づいている。ふつうなら怒鳴りこんでくるところだ。

「奴も馬鹿じゃない。ふたまたはかけない」

私がいうと、鮫島は目をみひらいた。

「きのう藤野、今日花井。それぞれ理由は別だ」

大森が通りかかったタクシーを停め、乗りこんだ。

「なぜそう思うんです?」

「藤野とは、管轄を外して会っている。花井は、新宿のまん中だ。理由が同じわけはない」

「どっちにコロされているんです?」

私は顔をそむけた。

「さあな」

大森の〝警告〟をこの男に告げるつもりはなかった。そんなことをいえば、私を大森と〝同じ穴の貉(むじな)〟だと思うかもしれない。生きることに興味を失(な)くしても、最低限のプライドはもっていたかった。

鮫島は助手席のドアを開けた。

「失礼します」

私は無言で頷き、覆面パトカーのエンジンをかけた。夜の区役所通りは渋滞(じゅうたい)している。大森の乗ったタクシーを、ある程度は、徒歩で追尾できると、鮫島は踏んだようだ。

だが新宿の街は、私のほうが知っている。

短い一方通行を逆走してホテル街に入り、タクシーの先回りをして靖国(やすくに)通りにでた。

鮫島は、大森に対する監視をやめる気はないようだ。

それでいい、と思った。やめろといわれて手を引くような男なら、私は今、こうしていない。

大森が管内のクラブで、これ見よがしに花井組の幹部と会ったのは、「罠(わな)」にちがいなかった。鮫島はそれに気づいていない。いくら腐り切ったリンゴでもそこまでするとは思わないのだろう。

大森の乗ったタクシーの会社と車番を、私は覚えていた。私の予想が正しければば、そのタクシーは靖国通りを四谷方向に左折する筈だ。

大森が「罠」の舞台に選んだのは、新宿一丁目から二丁目にかけてのどこかだと私は踏んでいた。理由は公園だ。新宿公園、花園公園、同東公園、同西公園と一帯には四つの区立公園がある。ゲイの発展場として使われている公園もあり、深夜、一般市民は近づかない。しかも、四谷署の管轄区域にあたる。

大森を乗せたタクシーは新宿一丁目北を右折した。さらに二本目を左折し、花園通りに入ると、駐車場の前で停まった。小学校と幼稚園が近くにあるため、周辺に飲み屋があまりない一角だ。

私はミラーで、もう一台のタクシーがあとを追ってきているのを確認していた。鮫島だろう。

タクシーを降りた大森は、うしろをふりむきもせず、小学校と幼稚園に隣接した公園に入っていった。

私は覆面パトカーを降りた。二十メートルほどうしろに鮫島の乗ったタクシーが停まっている。私の姿を見た鮫島が何と思うかは考えないことにした。ただ、タクシーを降りづらくはなる筈だ。

大森がその公園を選んだ理由は近づくとすぐにわかった。公衆便所があり、広いので身を隠す暗がりが多いのだ。

もう一度、鮫島のほうをふりかえった。失望しているかもしれない。彼の尾行を邪魔し、尚かつ大森に知らせるのではないか、と。

だが、のこのこ降りてきさえしなければ、それでいい。

私はゆっくり、公園の中に入っていった。

大森の姿はなかった。かわりに、目出し帽をかぶり、木刀や金属バットを手にした男たちが、暗がりからわいてきて、私を囲んだ。

先頭の男が、私を見て人ちがいに気づいた。

「待て」

と、くぐもった声で仲間を制した。男たちは私を囲み、どうしたものか迷っていた。

「大森」

私は呼んだ。

「いるのだろう、でてこい」

公衆便所の扉が音をたてた。スラックスのポケットに両手を入れ、くわえ煙草の大森が現われた。

「くせえトイレにいつまでこもってなきゃいけねえかと思ってたけど、こりゃどういう風の吹き回しすか」

「こっちのセリフだ。ここで誰かが怪我をして、そいつを全部、花がつくところにおっかぶせようとでも思ったか」

「何いってんすか」

大森は眉(まゆ)をひそめた。

「わかりやすい絵図じゃないか。花井組の幹部と会ったあとのあんたを尾行していったら、覆面の連中に闇討ちされた。そのちょっと前に、花井組にガサをかけて痛い思いをさせたばかりの刑事がそんな目にあったら、疑うところはひとつだ」

「妙なアヤすね」

大森は肩をそびやかした。

「そうか？　じゃあなぜこいつらは覆面をしている？　あんたほど職務熱心じゃないが、花井組のチンピラと藤野組のチンピラの匂いのちがいくらいは、私にもわかる」

大森の表情がかわった。

「手前、何なんだ。何だって、よけいな首つっこむんだよ」

「よけいな首だ？」

私は大森の目を見つめた。

「お前らが共謀して袋叩(ふくろだた)きにしようとしているのは、私の部下だ。やくざ者や腐った刑事に小突き回されるのを、黙って見ているわけにはいかないんだよ」

「この野郎……」

大森が淡々とつぶやいた。先頭の目出し帽をふりかえり、告げた。

「相手がかわったが、しかたがない。やっちまうか」

「そいつはよくねえ」

目出し帽が低い声でいった。

「やったら殺すしかなくなる。新米のデコスケいたぶるのと、ワケがちがう」

「何だ、手前、ケツ割(わ)んのか」

大森がすごんだ。

私はコートの前を開いた。腰に吊(つ)るしている拳銃をよく見えるようにした。

「利口だな。そっちの兄さんのほうが」

大森がぽかんと口を開いた。

「そんなもの、なんでもってんだよ」

「このところ物騒(ぶっそう)でね」

「一発でも撃ったら、あんた終わりだ。トバされる」

「忘れたのか。私は〝死体(マンジュウ)〟だ。先のことに興味などない」

「退(ひ)くぞ」

目出し帽がいって、男たちが暗がりに消えた。走っていく足音が遠ざかり、やがて見えないところに停めた車のドアが開け閉めされる、バタン、バタン、という音がした。

残ったのは、大森と私だけだった。大森の額ににじんだ汗が、街灯の光を反射している。

「忘れてやる」

私はいった。

「ただし、あの若いのに何かあったら、お前と藤野組にまっ先にいく。わかったか」

大森は瞬きした。目をそらし、吐きだした。

「俺はあんたを見くびってました」

「けっこうだ。いくら見くびろうと、馬鹿にしようと、かまわんよ」

私はコートの前を閉じ、いった。

無言の大森をその場に残し、私は停めておいた覆面パトカーに戻った。鮫島が、かたわらの電柱の暗がりに、ひっそりと立っていた。

「今、四、五人の覆面をした男たちが走っていきました。何があったんですか」

「さあ。私は何も気づかなかった。小便が近くてね。そこの公衆便所を使っただけだ」

鮫島は私を見つめ、公園の方角に顔を向けた。

私はドアを開け、訊ねた。

「署に車を戻す。乗っていくかね」

鮫島は一瞬迷い、決心したように頷いた。

「お願いします」

靖国通りを疾走し、遠ざかっていくサイレンが聞こえてきた。

新宿心中

藤原審爾

仙田(せんだ)が本庁を出たのは、六時少し前だった。運転をしている若い警官が、

「外苑をデモが通っているそうですから」

と言って、濠端(ほりばた)の坂道を走りださせた。いつもは新宿が混むので、外苑(がいえん)をまわって新宿署に帰るのである。

仙田のデモ嫌いは有名である。しかしそのデモ嫌いは、多分に誤解されている。数年前、警察の車とわかって仙田はデモ学生にとりかこまれたことがある。その時、彼はひどく屈辱を感じもし、腹を立てたものだから、みなそれが原因でデモ嫌いだと思っている。他人の事だと、人は簡単な理解しか示そうとしないものである。

仙田は元来口が重いし、人の評判にはへこたれない男である。それにデモ嫌いという噂は、あまり程度が低すぎて、抗弁する気にもなれない。この日本に住んで働いていて、そう頭が悪くないかぎり、どんなに給料が不当に少ないか知っている。デモは当然の権利である。仙田がデモ嫌いなのは、そういう当然の権利を取締らねばならない側の人間である自分を、デモをみていると、まざまざと思い知らされるからなのである。仙田はもう年だし、ほかの仕事で、人生をやり直していく力はない。それにほかの仕事よりも、刑事の仕事が好きだし、極めて熟練しているし、自分にむいているのである。死ぬまで刑事でありたいと思っている。そしてそうい

う自分の生き方にかなりの自信、自負を持っているのだが、それをデモは根底から動揺させてしまうのである。もっともその場合、考え方がないわけではない。彼は実際いまの仕事を選んだとき、それはもう二十年以上も前のことなのだが、民衆を守るために一生を捧げようと決心したのであり、ひとにぎりの資本家や権力者たちのために一身を捧げる気になったのではなかった。いまもその気持ちはかわらない。

ところが実際には、そういうデモ弾圧の仕事にかりだされる機構の只中にいるのである。近頃の大学騒動では、署の警官たちも始終動員されて出かけて行く。若い警官たちの中には、異常な昂奮が高まってきており、特攻隊のような気分になっている者も少なくない。志願して出かけていったりするのもいる。昨日も時ならぬ時間に飯をたべている若い警官が、

「腹がへると、奴等にどうしても押しこまれます。飯をくっていけば大丈夫ですよ」

と得意そうに説明していた。

仙田はそういう連中をみると、実際暗澹（あんたん）としてしまう。この世はまったく生きるに難しく出来ているのである。しかも警察は民衆のためになくてはならない機関なのである。

仙田のデモ嫌いということは、つまりそういう厄介な条件とまともにぶつかるのがいやだということにほかならないのだが、それが通じないのである。そしてそれはなにも、そういう自分の現実に目をそむけているのではない。現実へ目を注ぐだけでなにもせずにいるより、出来るかぎりのことをしようとしているのである。

運転している若い警官は、噂のデモ嫌いを知っていて気を利かせたのだが、生憎(あいにく)、近頃はラジオが道路の混雑を報道しているものだから、四谷あたりからすごく混みだして、にっちもさっちもいかなくなった。歩いたほうが早いくらいの混みかたになった。

仙田はこういう時わけもなくいらいらしたりする暇がない。彼の頭の中には、十何件ではなくて何十件もの事件のことがいっぱい詰っており、ほんのちょっとの暇でもあれば、それらのどの事件かが、よみがえってくるのである。

しかし今日の仙田は、今日本庁で会った香港(ホンコン)警察の年配の警官が依頼した件を思い出していた。それは、まったく日本人であるのがいやになるような事件である。十日ほど前、香港でスリップ一枚の日本人の女が、警察へ逃げこんできた。それが事件の発端(ほったん)なのである。警察へ逃げこんだ日本人の女は、麻薬をうたれており、その場で気をうしない、三日目に正気に戻った。彼女は大阪の吹田に住む会社員の娘で、デパートの食堂で働いている野瀬美智子という娘だった。月曜日の休みの日、映画を見にいった帰り、通りかかった車の若い男から、送ってやろうと誘われた。車は新しいし、身なりも悪くなく、容貌も優しそうな男だった。彼女はふらふらと乗せてもらった。ところがとんだくわせもので、モテルへ連れこまれ、簡単に暴行されてしまった。そればかりでなく、どうせこういう仲になったのだから、結婚しようと言われ、ふらふらっとその気になってしまった。すると男は、木島次郎と名乗ったその若い男は、さあ新婚旅行に東京へ行こうと言いだし、その真夜中から東京へむかった。翌日、箱根で一泊し、翌々日東京へきて、新宿のホテルに泊った。三日目になり、木島次郎は金がなくなり、彼女にしばらくここで勤めていてくれと言い、バーに連れていった。彼は大阪へ急いで帰り、金を持ってくるというのだった。最初彼女は、それを断わったが、彼に、

「亭主の言うことがきけないのか」

と呶鳴られると、亭主という一語にひかれて、それを承知してしまったのだった。

もちろん帰っていった木島は、それきり姿をあらわさなかった。おまけに、三十万の金を借りていっていた。まんまと一杯くったのである。そればかりでなく十日ばかり経つと、バーのマスターにある晩、無理矢理にナイトクラブに連れていかれた。そこはビルの地下で、ひどく暗いクラブだった。

その店で彼女は裸にされ、スポットのあたっているステージへ出された。するとセリ市みたいに、暗い客席から声がかかり、彼女は百十万でおとされた。ほかにも十人ばかりの女たちがセリ市に出されたそうだった。

彼女が買われたのは中国人で、その夜、彼女はその中国人に連れられて、横浜の貨客船へぶちこまれた。そのずらりと並んだ船室には、いっぱい彼女と同じような女たちが乗っていて、泣き声があちこちから聞えていた。どういう方法かで、女たちは騙(だま)されて連れて来られたのである。

香港では三カ月ばかり前にも、スリップ一枚で、街頭で凍死していた女があり、歯の治療したあととスリップのクリーニングのマークから日本人と判明した事件がある。解剖の結果やはり麻薬を使用していたのである。野瀬美智子からの事情聴取で、事態が極めて重大なので、彼は野瀬美智子を同行して日本へやって来たのだった。

警視庁で改めて尋問してみたが、野瀬美智子は、なにぶん東京がはじめてで、西も東もわからない。香港に連れていかれてからは、麻薬をうたれて監禁されており、更に事情がわからない。しかし、中国人に横浜に連れていかれる時、新宿駅の西口を通っている。

第三京浜の高速道路を走って横浜に出ており、新宿駅はすぐだったと言っている。

　そこで仙田がよばれ、四谷署からもやって来て、この件についての協議検討をしたのだった。しかしビルの地下というだけでは、雲をつかむような話である。早速、調査にとりかかろうということになって、いま仙田は署へ帰っていくところだった。

　車は長蛇の列で、信号一回で四五台しか進まない。三十分あまりかかって、漸く新宿のネオンが見えだした。ネオンの輝きは人の心を惹きつけてくる。仙田はそれを眺めながら、このあたりのどこかで、あちこちから暴力で連れてこられた娘たちが、今夜もセリ市へ立たせられるのだと思った。

　ほんのちょっとした好奇心から、誘われた車にのりこんだばかりに、二度と日本へ帰れない香港や台湾へ売り飛ばされてしまう、娘自身の不幸もさりながら、折角手塩にかけて育てた親がたまらない。一生日本中を探してまわる親もいるだろうし、親は雨につけ風につけ、死ぬまで娘の身を案じつづけなければならないのである。

　仙田は、そういう悪党を、何人か知っている。そいつらの中には、ちゃんと家庭を持っており、可愛い子供達をもったのがいるのだからあきれたものである。いったい教育というのは、どうなっているのだろう。むつかしい数学や物理や化学を教えたりするより、悪いことをしないことを何故教えようとしないのか。

しかしそれはともかく、さて誰をこの件にふりあてるかということになると、まったく頭がいたい。彼の部下の刑事たちは、それぞれ三四件のヤマをもっている。いまいくらか暇な者といえば、山辺とお茶くみの三浦ぐらいしかいない。

山辺は昨日二つの事件をかたづけたばかりで、今日は非番だが、彼は細君が病気でひどくまいっている。子どもが二人おり、その子たちのために、御飯をつくってやっている。洗濯もある。だいいち柔道五段剣道三段という猛者だが、そういうこまごましい配慮が出来ぬ男なのであり、それで仙田は暴力団関係の仕事を彼にふりあてている。

細君の病気は、なにかわからないが、すぐに治らないようなものなら、彼をつかうのは可哀相である。警察病院あたりが、子どもたちの世話をする施設をもってくれれば、刑事は助かるのだが。

若い刑事の三浦は、なかなか努力家で、真面目ないい青年だが、正直すぎて、聞込みなんかにはまだむかない。下手をすれば、外国人がからんでいるだけに、消されるおそれもある事件だから、それ相当の男でなければ無理だろう。

そういうことになると、やはりベテランの根来ということになる。

新宿駅前まできて、やっと仙田は、その決心がついた。

　公営アパートで山辺は子どもたちに夕飯を五時にたべさせた。夕飯の時間が少々早いが、五時半頃から、子供たちはテレビをみるので、ほっておいてもよい。春の署対抗の柔道大会までに、もう二十日ほどしかないので、借りている高校の道場へ稽古にいかなければならない。自分は負けてもかまわないが、署の連中に、稽古をつけてやらなければならない責任がある。このところ毎晩、六時から暇な連中が稽古にやって来ている。昨日も署の若い巡査につかまり、山辺は、

「山辺さん来ないと、気合がかからんですよ」

　と言われた。山辺は単純なたちだから、先輩後輩の関係に弱く、頼まれるとすぐいい顔をする。

「明日非番だからいくよ」

　はっきり約束をしてしまったのだった。

　子どもたちが、居間でテレビを見はじめると、山辺は、奥の部屋の妻の蘭子（らんこ）の病床へ、食事をさげにいった。

　彼がつくった御飯だけはちゃんとたべて、むこうむきになり、背をみせていた。もう床についてから一週間目なのだが、依然として彼に反抗的なのである。彼を許

そうとしない。山辺はお膳をさげながら、そんな蘭子へ、

「稽古があるんだ。いってくるからな」

と子どもたちに聞えないように低く、哀願するような調子で言った。

冷たい機械的な声がかえってきた。

「どうぞ」

山辺は痛切に哀し気な表情をした。彼の四角ばった逞しい、暴力団も一目おいているごつい顔が、悲しみでゆがんだ。しかしすぐ気をとりもどして、彼はお膳をさげた。

しかしすぐに出かけられるわけではない。彼は子供たちの御飯をたべたあとのかたづけもしなければならず、明日の朝の御飯をといでおかなければならない。武骨な体と、大きい手で、茶碗を洗ったりする様子だけでも、まるで似合ってなくて、かえってあわれな光景になった。

やっと御飯をとぎ終え、タイムスイッチを五時に仕掛けたときには、もう六時十五分前だった。彼は稽古にいってくるよ。彼は元気な大きな声で、子供たちへ、

「お父さんは稽古にいってくるよ。おとなしくしてろよ。お姉ちゃん、ター坊がねむくなったら蒲団敷いてやるんだぞ」

と言った。それでいってらっしゃいと送られて、表へ出ていった。借りている高

校の道場まで、歩いて二十分くらいである。それを山辺は柔道着をぶらさげ、飛ぶように歩いていった。

広い道場には、署の連中のほかに、高校の柔道部の少年たちが、十人ちかくやって来ていた。柔道着に着替えるともうものを考えたりすることは出来なかった。むろんなんとなく気持ちがすっきりしないのだが、あちこちから稽古つけてくれとやって来て休む暇がないのである。それにそういう稽古をしている時の状況では、ものを考えたりすることが、そもそも出来ない。そればかりでなく、そういう妻のことを忘れられる状態に、彼は逃避したくもあるのだった。

たっぷり三時間、稽古をし、汗びっしょりになり、それから四五人で銭湯に行き、同じ方角の守川巡査と夜路(よみち)を帰りはじめた。守川がおごるといって、そば屋へ誘うものだから、

「割勘」

だときめ、通りがかりのそば屋へ入っていった。もう十時すぎなのだが、なんとなく山辺は家へ帰るのがいやなのである。なにかもう帰らなくてはいけないということが、ほしいのだった。たとえば、子どもたちがお腹をすかしているだろうというようなものである。

そば屋で、焼酎(しょうちゅう)一杯とラーメンをたべ、やがて、山辺と守川は表へ出て、次の

四ツ角で別れた。

独りになると、山辺は家を避けた反作用のように、たちまち辛い想いの虜になった。

〈足を洗うかなあ〉

山辺は三十で所轄の刑事になり、いくらか給料もよくなり、前途に希望を感じた時、ふらっと蘭子に恋をしたのだった。

蘭子は、彼の近所の煙草屋の二階へ下宿していた娘で、昼間は文房具店で働き、夜は煙草屋の店番をしていた。目のぎらぎらしている勝気そうな美人で、たった一人の身寄りの兄夫婦が、九州へ転勤になったせいで、独り暮しをしていた。山辺は毎晩通って煙草をかい、つてを探して結婚を申しこんだのだった。ほかにも競争相手の学生なんかがいて、彼はあせって、交際もしなかった。

ちょうどその頃、刑事物のテレビがはじまりだしたので、一種のブームがあり、蘭子はその影響で彼をわりと簡単にえらんだ。彼たちは一カ月あまり後に結婚し、アパート暮しをはじめた。

山辺はその年は、それまでの人生で、最良の年だった。柔道大会で個人優勝したし、警官殺しの犯人を検挙して表彰されたり、家へ帰れば蜜のような生活がまっていた。しかし一年たたぬうち、子どもが生れ、生活が苦しくなると、次第に蘭子は不平を言いはじめた。テレビで見ていた刑事と実物はまるで違うのである。いつも生命の危険にさらされているし、夜中でも電話で叩き起される。

　山辺は、なんども、おれはこの仕事よりほかに能のない男だと、蘭子に言い聞かせねばならなかった。自分の女房に、こんなことを教えなければならないということは、まるで愛されていない証拠のようなものである。しかし彼はそうしなければならないほど、日に日に蘭子を益々深く愛しだしていた。

　そして二人目の男の子が生れると、一層生活が苦しくなり、そのうえ一間のアパートから二タ間のアパートへ移らねばならなかった。山辺は好きな煙草もやめた。二年前、やっとこの公営アパートへ移ってきて、いくらか生活もらくになったのだが、それとは別にまずい問題がおこったのだった。都電の通りへ出る中途にあるアパートに、山辺がムショへ入れたやくざの組の連中が、その女房はじめ三組も住んでおり、蘭子が買物に出るたび、わざとあとをつけてきて、なんだかんだといびるのである。

　流行おくれのものを着ているだの、ケチな買方をするなどといびられ、それを蘭子は山辺に泣いて仇を討ってくれと言うのである。むろん山辺は、

「そのくらいのことがなンだ」

　と言うよりほかしかたがない。流行の着物を着れないのは、世の中のために献身

しているからなのであり、むしろ誇りなのである。

しかし蘭子にとっては、それは理屈でしかなくて、感情は毎日ただすさいなまれるにすぎなかった。山辺は蘭子を持てあまし、恥をしのんで、彼女たちのアパートへ出かけて、まったく似合気なく、蘭子をいじめないでくれと頼んだ。むろんきくような相手ではなかった。

それで山辺はとうとう癇癪をおこし、彼女たちのところへ吸鳴りこんだ。三組の連中を洗いはじめた。どうせろくなことはしていない連中だから、なにかネタが出てくるはずだった。ところが、それが出て来ないうちに、署長宛に彼女たちは投書したのである。

山辺という刑事は、自分の地位を利用して、公営住宅へ安くもぐりこんだばかりでなく、酔っぱらって女ばかりの部屋へ押込んだりする。ああいう悪徳刑事をなぜほっておくのかというような、ひどい投書だった。

彼は署長によばれ、いやみな調子で、その投書を読まされ、

「本当とは思わんが、留意し給え」

とかなり強く言われた。

公営アパートのほうは、もとより文面のようではないが、若干無理をし、裏から手をまわし、空室になると同時に知らせてもらい、それでもぐりこんだものだか

ら、山辺自身もそう根も葉もないことだと抗弁することが出来なかった。

一時、彼等を洗いだした頃は、彼女たちも手びかえになっていたが、山辺が一歩しりぞくと、また彼女たちは蘭子いびりをはじめた。そのうち次第に下火になったが、それが公営住宅はじめ近所に知れわたり、今度は子供たちの世界へ移っていった。

「ほんとはおまえなんかここにいられないンだぞ」

とやられ、上の娘が泣きながら帰ってきたこともあった。

もし蘭子が、じっと耐えしのぶことが出来る人間なら、やがて嵐は通りすぎてくれるのだが、それが蘭子は出来なかった。立ちむかって行き、泣いたり怒ったりしつづけるのである。一年ばかりも経つと、神経がやられ、怒ったり泣いたりする昂奮に耐えられなくなり、ひきつけたようにぶっ倒れてしまうようになった。つい十日ほど前は、また昼のうちになにかあったとみえ、彼が帰ると、ひき吊った顔で、せっせと荷作りをしていた。子供たちは、彼の顔をみるなり、左右から抱きついてきて、どっと泣きだした。おびえきっている。そして蘭子は、気でも狂ったように、

「もう我慢が出来ないわ。どっかへ越しましょう」

と言うのだった。

あてもないのに出ていけるわけはない。

「いいかげんにしろ」

と山辺もうんざりして呶鳴った。

すると蘭子は、

「あなたってそんな人なの。それなら、わたし独りで出ていきます」

と言って、表へ飛びだした。そのはずみに彼女は、七段の石段で足をすべらし、転げ落ちてしまった。したたか腰を打ち、動けなくなり、それきり一日も起きないのである。むろん、口もろくろくきかない。起きようとしない。

山辺は、しかし、蘭子を深く愛しているせいばかりでなく、そういうふうに変った原因を、はっきり知っている。山辺が危険なヤマで家を飛びだして行くと、彼女はそれきり彼が無事に戻ってくるまで、一睡も出来ないのだった。彼女の神経は刑事の女房にはむかないほど繊細なのであり、彼女はそれで人一倍苦しむばかりでなく、その自分を正義と夫のためにねじまげたのだった。ねじまげそこなってそんなふうになってしまったのである。それを山辺は、はっきり知っている。

実際もし山辺のような暴力団関係の刑事でなく、ほかの職業の男と一緒になっていれば、彼女はちゃんとやっていったにちがいない。もっと倖せになっていたにちがいない。

〈足を洗うかなあ〉

山辺は夜道を歩きながら、四角ばった顔をあげ、そこに神がいるように、夜空を仰いだ。ちょうどその時、背後の路へ、角を曲って車が出てきて、彼を追い抜き、十間ばかり前で停った。

車に灯が点り、金を払っている中年男が見えた。その男は、すぐ車から下り、灯は消えたが、その瞬間、横顔がちらりとみえた。それで山辺は、ふっと、刑事意識をとりもどした。

〈あいつ、兼本だ〉

兼本は区役所裏の《紅葉》という旅館で以前はたらいていた。紅葉は元橋というもと弁護士だった男が、新宿華僑から貰った旅館で、三方が露地になっているどん詰りの場所にある。新宿華僑の相談役のような地位の元橋から、兼本はその店をまかされている時、地方新聞や雑誌に、高級旅館の女中募集の広告を出し、高校出の女達を地方から集めた。そしてそれをいま蘭子をいじめている女の亭主の、バンドマンあがりの沢村に手なづけさせる。沢村は所謂美男子の上に口がうまい。半ば暴力的に関係し、それから彼等の属している若松組が経営している喫茶店やバーに勤めさせ、結局はコールガールをやらせるのである。三年前、沢村に犯されそうになった鹿児島から来た娘が、連込宿の二階から飛び下りた。その娘は半年ほど病院で手当をうけたが、その揚句死亡したことから、沢村は七年の刑をうけて入獄中だった。

その事件で兼本のコールガールの組織や、ブルーフィルムの作成、エロショーなどがばれ、彼も二年半の実刑をくらったものだった。そういえば、もうかなり前に出獄しているわけである。

山辺はつづいて、

〈野郎、なにかやってるな〉

と思った。暗い路（みち）で車から下りたくせに、兼本はおりたところの建物には入らず、ぶらぶら歩きだした。

その路は、新宿から戸塚へむかう大通りへ、ぶつかるのだが、大通りへ出る一本手前のところを、兼本は左に曲った。少しあとを柔道着をかくしながら、つけていた山辺はその角まできて、兼本が左側の灯の消えた建物の中へ消えて行くのを見とどけた。そこは、大仏金融という高利貸しの会社の筈だった。

山辺は、みょうなところへ野郎つながってるな、と思ったが、そのことよりも兼本のような男たちの凄い生活力のほうが、彼の関心をひきつけた。あんなふうに、とても自分はねばり強くやって行かれない気がし、山辺は、またしょんぼりし、重い足どりでわが家へむかって歩きだした。

新宿署の会議室には署長をはじめ刑事たちや各課係の頭株の連中が、ぎっしり集り、仙田からの話をきいていた。新宿ビルの地下にあるキャバレーかクラブかバーのようなところで、女のセリ市が行なわれている。客は香港はじめ東南アジアの売春業者である。場所も首謀者も背後関係もわからない。捜査はむろん困難である。しかも注意を要するのは、捜査を穏便に進めなければならないことである。この捜査が開始されたことがわかれば、セリ市は場所をかえ、手懸りをうしなわなければ、ならない。その点を注意して、この件に関する情報を集めてもらいたい。

そういう仙田の話が終ってから、仙田たちは刑事部屋へもどってきた。まだ十時前である。仙田は三十余貫の巨体をデスクの椅子へのせると、ぞろぞろ仕事へ出かける連中のなかから根来と山辺をよんだ。

「どうかね、一つ二つ山辺に頼んで、この仕事のほうをやってもらいたいんだ」

根来は山辺にきいた。

「奥さんの具合はどうなんだ」

「大分よくなってきたよ」

「それじゃ、二つほど、君の都合のいいのをやってくれ」

それから根来は、仙田へ言った。

「戸田と組みますよ。戸田の代りに三浦を山辺へやってください。少し遊べる奴でないと、この仕事はうまくないですからね」

「いいだろう」

根来と山辺は、仙田のデスクの前から、自分たちの席へもどってきた。根来は、戸田と三浦をよび、四人で仕事の分担の相談をしはじめた。

根来と戸田は、合せて六つの仕事をやっている。そのうちから、三浦のやれそうな、詐欺の余罪追求と、近頃ひんぱんにおこっている車の盗難事件と、それから山辺には、家出娘の松井洋子の事件を渡した。これは千葉市の下駄屋の娘で、深夜喫茶なんかへよくいっていたのが、とうとう家に帰らなくなってしまった。親たちはそれで必死になって娘の友達をあたり、そして東京に出てきたことを知り、だんだんあとをたぐっていったのだが、柏木のはずれにあるバーに勤めたところで、ぱったり消息がわからなくなってしまった。

松井洋子はそこへ五日ほど勤めたが、それきりのことで、店に来なくなってしまったということだった。しかしどうもすっきりしない態度なので、親が新宿署へ泣きついてきているのである。

仕事の分担がきまると、根来はそれを仙田へ報告し、それから戸田と一緒に仕事に出かけていった。戸田は根来の妹の登志子と婚約中である。二人はそういう関係以上に仲が好い。

　そこへ電話がかかり、柏木のアパートで心中があったという報告である。仙田は警察医の山川が階下にきていたのを思いだし、すぐ連絡をとり、足どめをしてから、山辺をよんだ。生憎、彼よりほかに、頃合の連中がいないからだった。心中の検死くらいには、そう時間はかからない。

「階下に山川さんが待っているから、一緒にいってくれ」

　山辺はそれですぐ階下へおりていった。

　しかし山川は仕事がまだかたづいていないので、一ト足さきにいってくれと言う。そこで山辺は、独りで現場へ出かけていった。歩いて十分くらいのところである。

　露路の奥にあるそのアパートは、露路の入口にある薬局の持物で、階下が二部屋、二階が二部屋の小さいアパートだった。部屋は六畳と三畳になっており、二階の三畳のほうで、若い警官と中年の大男とが言い争っていた。露地の入口にパトカーのほかに、自家用車の豪華な黒い外車が停っていたので、その中年の男が囲っていた女が死んだのかな？

　しかしそうではなかった。山辺を見るなり、若い警官が助けを得たように勢いを

盛りかえし、

「この人は、死んだ青年のお父さんなんですが、無茶苦茶なんです。私が来た時には、屍骸を持ちだそうとしていたンです」

「親が自分の子を連れかえっていかんという法があるか」

「まあ静かにして下さい」

山辺は顎をしゃくって、廊下へ若い警官をだし、それから父親という男をじっと見た。

「こういう変死には検死が必要なんです。警察医が来ますから、それまで待って下さい」

山辺の容貌はごつい。その顔と体格に気おされてしぶしぶ男は頷いた。

山辺はその父親をのこし、廊下へ出て、若い警官に事情を聞いてみた。この部屋に住んでいる藤村雪子という女は、もとファッションモデルで、その後テレビに出たりしていたが、いまでは新宿の御苑の近くの小さいバーで働いている。死んだ青年のほうは、まだ学生で、半年ばかり前から、始終泊りにくるようになっていた。このところ三日ばかりまえから、青年は泊っており、いつも午まえになると仲よく肩を組んで買物にいくのだが、昨日は一日中姿を見せなかった。おかしいと思っていると、今朝になって壁と柱の間からガスが洩れてきたものだから、大家をよんでドアを開けてもらうと、案の定、ガス自殺をしていたそうだった。隣りの部屋の細君の話である。

大家は青年が、児島建設という土建業者の独り息子だということを、偶然知っていた。四五軒先にある七階のマンションをたてていた時、社長と彼が同じ車に乗ってやって来たのを見覚えていた。それで大家が、児島のところへ電話をしたのだった。

山辺はあらかたの事情をきいてから、隣りの細君と大家に会ったのだが、どちらも奥歯にものがはさまったような調子である。とりわけ大家のほうは、

「坊っちゃんは道連れにされたンじゃないでしょうかねえ」

という調子だった。

山辺はこの件に関しては、報告書をかけばよいだけなのであり、こまかい事情がどうあろうと、心中したことがはっきりすればよい。その点には、疑問の余地がない。

そういう結論を得たので、また部屋へもどり、児島と一緒に山川がくるのを待ちはじめた。多分いま山辺が大家たちに会っている間に、児島は考えつづけて、そういう気になったのだろう。

山辺が隣りの部屋の、シーツで蔽ってある二人の屍体をみてから襖を閉め、灯を

つけてから坐ると、児島が、

「刑事さん」

とばかに切羽つまった感じですり寄ってきた。

「大間建設というのを御存知ですか」

大間は一流中の一流の建設会社である。もちろん知っている。山辺はけげんそうに頷いた。すると児島は、

「次男の謙次郎君と、わたしの娘が来月結婚することになっています。あいつの妹なんですよ」

と哀しげに言った。

「それは大変ですな」

「わたしは、十年前に妻を亡くしまして、二人の子供のために、独身できました。その結果がこれなんですからね。ねえ刑事さん、こんなことをおねがいするのはなんですが、これが世間にひろがれば、娘の結婚は破談になるでしょう。わたしとこは、大間が親会社みたいなものですからね。破談になれば、先方だって、わたしとことつき合いにくくなりますでしょうからね」

「出来るだけ秘密にしてあげますよ」

山辺は大家たちに似たりよったりの依頼をしたなと思った。

「どうでしょうかね、もう死んでしまったんですから、少々のことは、生きた者のためになれば、いいのではないですかな。死んだ者たちもきっとそう願うのではないでしょうか。どうでしょう、無理心中ということにしていただけないでしょうかね。万一、新聞に出ても、そういうことなら、娘も破談にならずにすむと思います、娘に罪はかけられないんですからね。ここに、一千万の小切手をかいておきました」

山辺はいまにも呶鳴りつけんばかりになっていたのだが、小切手の零のずうっと並(なら)んだところを見るなり、憤りがすっとどこへいったのか解らなくなった。

児島は倍くらい熱気を帯びた声になった。

「たった独りの娘が倖せになってくれるのなら、金なんか惜しくありませんよ。むろんこれは、事実にはもとることですから、あなただってすっきりされないかもしれませんがですよ、人間的な行為にはちがいありませんよ。真の方便というものではないでしょうかね。それでもあなたが、すっきりしない、気がすまないと思われるなら、警察をおやめになって、わたくしどもの会社へおいでになってはいかがですか。失礼ですが、給料も倍さしあげますよ、いかがでしょう」

一千万といえば、利子だけでも、月に六万円になる。どんなアパートにだってひっこせる。家だってかえる。

山辺は息がつまり、額からたらたら脂汗が流れ出た。

こういうチャンスは一生二度とないにちがいない。山辺はどこかの部分が痺れたようになってきた。

ちょうどその時、ドアをノックする音がし、瞬間、児島がさっと小切手を山辺のポケットへ入れ、そして表へ、

「どうぞ」

と言った。ほとんど同時に山川が部屋へ入ってきた。

検死がはじまった。


藤村雪子たちの屍体は解剖ということになり、救急車が運んで行き、児島が帰っていったあと、山辺は明るい表に出たが、ポケットの小切手のせいで、署へ帰るのがこわかった。ちょうど松井洋子の件のバーが、つい近くなので、仙田へ電話をかけた。

「山川さんが解剖するといって二人を連れて行きました。その結果が出るのは、六時ごろだそうですから、それまでは松井という家出の子の件をちょっとあたりにいってみます」

「ガス心中じゃないのかね」

「遺書がないんです。女のだけしかね、もしかすると無理」

といったが、そのあとは言えなかった。

松井洋子が消息をたったバー・アラモはそこから十分位のところだった。

真っ昼間だというのに、二階でガチャガチャ牌(パイ)の音がしていた。間口一間半ばかりで、ちゃちな木彫りのドアが閉っている。横の中窓は色硝子と趣味もわるい。

山辺はベルをおす前に、ノブをまわしてみた。そいういう行動的なちょっとしたところが、彼の身上であり、武器なのである。鍵がかかっていなくて、ドアーはすぐ開いた。

店は細長く奥行があり、長いスタンドの席だけである。薄暗い店の中には酒と化粧の香がするだけで、人影はない。こういう不用心な店はめったにあるものではない。たまにあるのは、暴力団がやっているような店だけである。そういう匂いがしないでもない。

山辺は人がいないのを幸い、スタンドの横を通りぬけ、奥の部屋へドアーをあけて入っていった。そこは台所と便所で右手に階段があり、その下に靴が並んでいた。男物が四つに、女物が二つ。合計六つあり、男物の靴はどれもこれも堅気(かたぎ)の会社へは穿(は)いていけない、派手な靴ばかりである。彼の知るかぎり、こんな靴を穿くのは、バンドマンか、ちんぴらである。

山辺はこういう時につい強引になってしまう、単純なところがある。いくら刑事だからといっても、ここは他人の家なのである。黙ってあがってよいものではない。しかし彼は黙ってそっと階段をのぼっていった。

踊り場のような板の間があり、てまえにひく襖があった。そこで彼は、初めて、

「邪魔していいかね」

と牌の音のする部屋へ声をかけた。

「入れよ」

と返事があった。

それで襖をひいて開けると、つい目の前で四人の男たちが麻雀(マージャン)をやっており、奥の部屋のほうには、女が三人ざこ寝していた。真ン中のまだ子供っぽい女の子が、いちばんに彼に気がつきはねおきた。

ほとんど同時に、その隣りで頭から蒲団をかぶっていた女が、むっくり起きあがった。麻雀をしていた正面にあたる男も、煙草に火をつけかけて、山辺に気がつき、あっという顔になり、煙草を口から落した。

「山辺の旦那じゃありませんか」

と聞えよがしに大声をあげた。うしろをふりむき、

「みっともねえから閉めとけよ」

と言った。

「聞きてえことがあってきたンだ」

そいつは、以前若松組のいい顔だった、豊上（とよがみ）三郎という男である。台北のほうへ足を洗って出稼ぎにいき、一ト儲けしたという噂をきいたことがある。

あとの連中はとみると、驚いたことに、沢村の女房と一緒のアパートにいる井石という若松組のちんぴらである。山辺が、

「いよう」

と声をかけると、どういうつもりなのか、えへへっと笑った。

すぐ三郎がここじゃなんですから、下でうかがいましょう。それで山辺は、階下へおりていった。

「一ト山あてたという評判だったが、いつ帰ってきたンだ」

「半年ぐれえ前ですよ」

「おめえの店か」

「えへへへへ」

スタンドのむこうで、水割りをつくって三郎は出し、とぼけた笑い方をした。

「そんなことより、旦那、れいの千葉のスケのことなんでしょう」

「胸にぎくりときたのか」

「よして下さいよ、ほんとに知らねえンですよ。いいからだしてやあがるからね、こなしてやろうと思っているうちに、察しがよくてね、ずらかっちまったんですよ、ほんとですよ。親父（おやじ）が信用しねえだけですよ。だいいち、あのスケは、家にじっとしてられるような玉じゃねえ。すれっからしで、コールガールにでもなってますよ」

そっちを探したほうがよほど早道だ、というのである。三郎は頭の回転が早く、口がおそろしく達者で、山辺では叩ききれない。とうとうやむやで、山辺はふたたび表へ出たのだが、まったくなんの収穫もなかったというわけではなかった。なんだかみょうに匂ってくるものがあるのだった。そしてそこから山辺の流儀でのアラモの捜査がはじまった。そこからてくてく歩いて山辺は、登記所へ出かけていって、アラモの持主を調べてみた。

持主はなんと元橋なのである。

山辺は勤務時間中なのに家へ帰って、子どもたちのために食事をつくってやった。

蘭子はいつもの通りそっぽをむいている。

そして洗いものを台所ではじめてから、山辺は、自分が何故勤務をさぼってもどったか、はっきり思い知らされた。

家にもどって、どことなく汚れた、暗いかげのある子どもたちの顔や、病床の妻の様子をみれば、決心がはっきりいくかもしれない。それを期待してもどったのだった。

実際、掃除も行きとどかない家の中はきたなく、みすぼらしい。これが人間の生活かといいたくなるくらいである。たった一度だけの一生を、なにもこんなにつまらなくすごさなくてもよいではないか。

そういう想いがこみあげてくる一方、もしこの一千万をもらえば、もうなに一つに、この子どもたちが誇れるものが自分からなくなってしまう。家と服を得るかわりこの子どもたちは親を失ってしまうのである。そしてなによりも痛切に彼は、いい夫であり、いい父親でありたいのだった。

結局山辺は二つの欲望にさらに深く傷つけられ、いささかの結論も得ないまま、また署へもどってきたのだった。

もう六時をすぎており、刑事部屋には、仙田のほかには、進行配車係という仇名（あだな）の宇野がいるだけだった。夜勤の連中もすでに仕事に出きっているのである。

仙田に今日の捜査のあらましを報告し、席へもどったところへ、山川から報告があった。

「死因は多量のモルヒネとガスだな。昨日の午後三時から五時の間に、モルヒネをのんで、それからガスをひねったンだな」

「男も女も同量ですか」

「女はずっと少ないね」

「女が男に先にのませて、それから自殺したというんじゃありませんか」

「それはおれに訊くより女に訊いたほうがいいな」

山川はへんくつ医師である。それきり電話をきってしまった。いずれ明日は書類がとどく、それ以上のことはわからないというわけである。

山辺は用意していた報告書をかこうと、ペンをとった。大家が言った。

「道連れにしたんですな」

という証言もあるし、最初の発見時には窓のほうへ逃げようとする男を雪子が、そうはさせまいとするようにしがみついていたとも言っていた。

それとモルヒネを少量しかのんでいない雪子と、かみ合せれば、無理心中という線が出て来なくもない。

しかしいつまで経っても、山辺は、ペンが動かなかった。彼は正義が好きで、そのためにもう二十年ちかくも生きてきており、それなしにはどうしてよいかわからなくなっているのだった。

　ちょうどその時、宇野の前の電話が鳴り、電話に出た宇野が、山辺へ声をかけた。

「今朝の心中の隣りの奥さんが会いたいといって、階下へきているよ。どうする、上ってもらうか」

「第一取調室にしよう」

　宇野がその場所を教え、山辺はすぐに席をたった。

　取調室へ灯をともし、待つ間もなく細君とはじめて会う角刈りの夫とがやって来た。

「どうも変なとこですが」

　殺風景な部屋に招じ入れると、すぐ細君が、

「この人に叱られたんです」

　と昂奮した声で喋りだした。まわりくどいところから喋りだした細君を、すぐとめて、夫のほうが代って話しだした。四十すぎのすっきりした目のきれいな男である。

「あっしは今日が休みなもんで、昨日の晩、店でおそくまで仕込みをやって」

と庖丁をつかう手つきをした。

「今朝、帰ってきたンです。いまね、雪ちゃんの遺体をもって帰ってきたンですが、こいつが、とんでもねえことを言ったと、いまになって言うもので、聞いてみるてえと、無理心中みたいなことを言ったというんですよ。とんでもねえ話だよ。あいま、友だちがお通夜に集っているが、行ってきいてみりゃすぐわかりますよ。あの子はほんとにいい気持ちの子でした。テレビだって、誘惑が多いってやめて、学生相手の飲み屋へかわったくらいかたい子でしたよ。生娘だったンですよ。坊ちゃんと出来た日のこと、おめえ、話しな」

「朝ね、洗濯場で、シーツ洗ってたんですよ。赤いのがついてたから、すぐ洗っていたんですよ。月のものは、あたしと一緒だから、すぐわかっちゃったんですよ。あんたそんなことしていいのって言ったんですよ。相手が大金持ちの坊ちゃんじゃ、さきがしれてると思いやられたんですよ。そしたらね、全部あげちゃったから、あたしにはなにもないのよ、心配することもないのよ、なあんて言ってましたよ」

「あんな女はいませんよ。あっしは忘れられませんね、二人の仲のいいことったらね。買物に行く時だって、坊ちゃんが肩をこう抱いてね、雪ちゃんは坊ちゃんの胸と腕のつけねの凹みんとこへ、ぴったり顔をもたせかけて歩いて行くんですよ。ほんとにぴったりって感じなのでね。一つになってるんですよ。あっしは、それを見るたびにね、やっぱり人間は神様がお造りになったもんだと、しみじみ思いましたね。それをあの親父がいけねえですよ。金儲けのためなら、なんだってするんですよ。大仏金融だって、小町トルコだって、児島がやっているんですよ。坊ちゃんはいい男だしね、どうせ金持ちの娘をひっかけさせようと思っていたんですよ。それで、アメリカへ留学させて、雪ちゃんと別れさせようとしたんで、こんなことになったんでさあ。あっしは、坊ちゃんからきりだしたと思うね」

「そんなこときまってるわよ。坊ちゃんは雪ちゃんが逃げてどっかで死ぬかもしれないと思って、それでずっと帰らなかったのよ。すみません、大家さんが、坊ちゃんの妹の結婚が駄目になるからって言うから、ついあんなこと言ったんです。ほんとうは、窓のほうへ逃げて行こうとなんかしてなかったんです。蒲団の中で、坊ちゃんが仰向けになって、右手で背中をしっかり抱きしめて、雪ちゃんは、ぴったりよりそって、顔を坊ちゃんの胸のとこへおしつけ、右手で、しっかり坊ちゃんのオレンジ色のシャツをつかんで、いじらしくて、そりゃもう」

ひいっと声をあげて細君は泣きだした。

山辺はその話とその人のために泣く哭き声で、すっかり心を洗われた。いそいで報告書を出していなくてよかったなあとつくづく思った。

七時前になってから、根来と戸田とがもどってきた。朝からずっと新宿中を、二人は歩いて歩きまわった。それとなく女のセリ市をあてにして、

「なにか新しい話をきかないか」

というようなことを聞いて回ったのである。これという話は、彼等の穴場から得られなかったが、むろん収穫がないわけではない。少なくとも手応えがまったく感じられないところもあれば、なんとなく匂うようなところもある。とりたてていえば、若松組の評判が高かった。

新宿西口の貯水場あとに、若松組がわりこみ、地上何十階かのビルをたて、ホテルと娯楽場をたてようとしているという、夢のような噂があるのである。そんな金がどこから出せるのか、無理な話である。それに信憑性を持たせるためのように、元橋が若松組長と緊密な仲になっているという噂もある。地上何十階というようなビルをたてる金は、何百億という金にちがいない。新宿の一暴力団がどうこう出来る額ではない。

根来と戸田は、その噂についていけなかったのだが、しかし仙田がその噂にひっかかった。元橋といえば、新宿華僑の相談役であり、新宿に華僑と第三国人の経営

する店は、千軒近くあるのである。それが結託し、さらに資本を香港台湾から集めるということになれば、そう難しい額ではなくなる。台湾官僚の中には、願ってもない投資と考える者がいるかもしれない。

そういう話題が沸騰し、九時近くになって、元橋の線は一応目をつけておく必要があるという結論で、散会ということになった。山辺は署を出てから、やはり明日といわず、今日のうちに児島へ小切手を返しておこうという気になった。山辺は思ったことはすぐ行動しないと落着けないたちである。

一千万円の小切手を持たせてもらったおかげで、車代をつかわなければならなくなったと苦笑しながら、目白の児島の屋敷へ出かけていった。

児島の屋敷は、千坪以上の敷地の、すごい豪荘な洋館だった。それが高台の斜面に立って、あたりを睥睨(へいげい)していた。まったくものすごいもので、山辺の城である新宿署よりも、倍くらい大きい。たった親子三人で、どうしてこんな大きな家に住まなくてはならないのか？　山辺はまったく児島の気がしれなかった。

それればかりでなく、きっと通夜で、大層な客だろうと思ってきたのに、屋敷内は森閑(しんかん)としていた。客のいる気配もないのだった。むろん内密にしているのだろうが、それにしても供養の読経(どきょう)もあろうものである。

広い表庭をいぶかりながら通り抜け、署の正面入口より大きく豪華な玄関のポーチへあがって行くと、ほとんど同時に玄関の両扉が音もなくひらいた。門のところで名乗った官職名がきいたのである。

そして明るい玄関の内部へ入ると、広間の彼方から、和服姿の児島がにこにこ笑いながら広間へ出てきた。

「いやどうも、どうぞ上って下さい」

実際鷹揚で豊かで、温厚な紳士である。これがただ金儲けだけしか興味を持たない人間だとは、どうしても思えなかった。しかし考えてみれば、そういう血も涙もない男にちがいない。たった独りの息子が死んだというのに、心痛のかげりはどこにもないのである。山辺はそこに気づいて、一層、はやくきてよかったと思った。むろん、児島のすすめを断わって、玄関さきから上らなかった。

山辺は端的に言った。

「これを返しにきました」

児島は、ぎょっとした、信じられないという顔になった。

束の間、もとの温厚な笑顔になり、

「それはそれは、気が変りましたか」

「いや」と中途で山辺はさえぎった。「もともと頂く気はありませんでした。ただ、お返しする暇がなかっただけです」

児島がとろうとしないので、山辺は小切手を床においた。児島は笑顔をなくし、ほんとうにショックをうけた顔つきになった。まったくおかしなことには山辺の目に、この宮殿のような邸宅も、ごくちっぽけなちゃちなものにみえ、大男で鷹揚で豊かだった児島が、ごくつまらぬとるに足りない人物に見えてきた。

山辺はその変化に驚いた。それからこんこんと突然心の中で泉の蓋(ふた)が開き、よろこびが湧きあがりはじめた。

「あの娘さんは、御存知ないかもしれませんが、息子さんと会うまで処女だったんですよ。息子さんをアメリカに行かせようとして、逃げだそうとしたものだから、息子さんがああするよりしかたなかったんですよ」

山辺はそれで玄関を出た。背後で児島がなにか言ったが、振りむく気もしなかった。

胸がすっとし、すばらしく気持ちがよかった。

〈一千万円で、このよろこびを買ったんだな〉

おれも大したもんだと、山辺は、にやにや笑いだした。このところ笑ったことなんかなかったことを思い出した。するとよろこびがまた大きくなり、身のうちからあふれて笑い声になった。

闊歩(かっぽ)という言葉があるが、正にその通りの気分で、山辺は悠然と児島の屋敷から出ていった。

ちょうどその時、入れちがいに、一台の車が門前にとまり、運転手が下りてブザーをおすのが見えた。

「元橋でございます」

という運転手の声が聞えた。それで山辺はすばやく車のほうに気取られぬように、塀の陰に身をひそめてもどっていった。黒い車はすぐ門内にすべりこんだが、その車の中にいるのは、さっき署で話し合ったばかりの元橋倭人だった。

いったいどういうわけなのだろう。


山辺はもともとものをよく考えるたちの男ではない。考えなくてはもちろん刑事はつとまらないから、考えはするが、考えることは苦手である。しかし、たとえば暴力団同志の喧嘩出入りが起りそうだという時、署内でいちばん役に立つ男は、山辺である。誰がいってもおさまらない場合でも、山辺が行くとおさまるのである。

そういう自分の能力に、山辺はいささかよりかかっていたものだから、こんどの仕事では三郎にいなされて、どうしてよいか捜査のめどが立たなくなってしまった。どうやら、元橋は若松組とつながっており、兼本や三郎など元橋一家のような連中がかきあつめられているらしいが、それと何十階ものビル建設とは、どこもつながらない。

彼がものを考えるのは、家へ帰り、みんなが寝しずまってからのことなのだが、それもこの頃は、子供と病気の蘭子の世話でくたびれてしまい、蒲団にもぐりこむと、疲れがどっと出て、ことりと眠りにおちてしまう。

その夜もその次の夜も、そんなふうなのだった。二日目の朝、山辺は暗いうちから屋上にあがり、たまった子供たちの物を洗濯をしていた。実際、信じられないくらい子供は、よく汚れる。二三日ほっておけば、まるで浮浪児みたいになってしまうのである。

山のような洗濯物をやっと洗い終えた時、ちょうど彼の部屋の真上にあたる柴垣（しばがき）という郵便局へ勤めている男の奥さんが、

「おはようございます」

とやって来た。そして、

「ようございましたね」

とうれしそうな笑顔で言った。山辺がなんのことかわからなくて、きょとんとしていると、

「あら、御存知ないんですか、あのアパートの人達、昨日、ひっこして行きました

わ」

と教えてくれた。

沢村の女房だけではなくて、井石たち三組の全部が、昨日の午後一時頃、どこかへひっこしていったそうなのである。二組くらいが一緒にひっこすなら、あり得ないことではないが、三組一緒に越すというのは、ただごとではない。それも急にあたふたひっこしていったそうなのである。女房の一人は、ひっこすのをいやがって、亭主にぶたれたりもしたそうだった。

これは近来にない快報である。山辺はすっかりよろこんで、すぐ蘭子へ知らせにかえった。人間、いろいろ癖があるもので、連中にいびられて病気になったのに、蘭子は、

「そうですか」

と味も素っ気もなく答えただけで、敵は連中ではなく山辺みたいなのだった。山辺は、単純に、そうすぐ現金によろこべもしないだろうというように思い、それから食事の支度にかかった。これでここに居られるし、足を洗う必要もない。そう思うと活力がみなぎって、食事の支度もたのしいくらいだった。

やがて子供たちを学校へ行かせ、山辺も部屋から表に出た。敷居をまたげば七人の敵ありというが、山辺の家庭的な気持ちがすっと消え、刑事気分がみなぎってく

る。連中のアパートの前を通った瞬間、山辺は、初めて何故連中がいちどに一緒にどこかへ移っていってしまったのか、その疑いが強くおこってきた。それは仕事のせいかもしれないが、仕事なら沢村の女房まで一緒に連れて行くわけがない。彼女はバーを営っているのである。

山辺は複雑にものごとをあれこれ推理出来ないたちだから、瞬間奴等はおれとかかりあいたくなくなったンだなという気がした。それは単純なきめつけの場合と、彼にとっては、まるでちがったものなのである。単純なきめつけの場合は、すぐきめつける悪い癖だとためらいを覚えたが、いまのようなものは、ぴーんときた感じなのである。

そういうことになると、突然、昨日ひっこしたのは、一昨日アラモで井石にぶつかったからにちがいない。

いったい一昨日、なにか奴等の都合のわるいものをみたのだろうか。

山辺は歌舞伎町から、山手線のガードをくぐり、青梅街道を署まで、いつも歩いて行く。いつものように、その路を歩きながら、アラモへ入ったときからのことを、丹念に考えてみた。二度三度それを繰返しているうち、山辺は、男物の靴が四足と女物が二足しかなかったことを思いだした。

二階の奥には、たしか女が三人寝転んでおり、その真ん中の子は、まだおさなく、すがりつくように彼を見ていた。毛布で胸をかくして起きあがったのは、スリップだけだったからだが、それは寝るために脱いだのではなく、脱がされたのではないだろうか。

山辺は、それにちがいないという確信が、だんだん強くなり、署についた頃には、昂奮で頬が火照りだしていた。

山辺の報告で、刑事部屋は色めきたった。

仙田は、しかし慎重そのもので、三郎をたたくには、証拠が少なすぎるという。

「ともかく若松組が、絶対、セリ市に関係ありますよ。野瀬美智子に、組の連中の写真をみせましょう」

「そこまで恢復しとらんのだよ。写真をみれる状態になったら、病院から連絡があることになっている」

仙田はそう言ったが、すぐ病院へ電話をかけた。担当の医師に事態の急を告げ、様子をきくと、一時間ばかりなら、やれるかもしれないという。それで組関係のものに、兼本はじめ三郎はもとより、三十枚ばかりの写真を持ち、戸田がすぐ病院へ出かけていった。

仙田と根来と山辺、それに徳田老の四人は、戸田からの返事を待ちながら、すぐ若い刑事の三浦と婦警の吉田をアラモの見張りへ行かせ、善後策を考えはじめた。三郎をあげたところで、音をあげるような男ではない。もし音をあげて黒幕をしゃべれば、この次に娑婆へ出てきたとき、頼るところがなくなるくらいのことは、ちゃんと承知している。しかしこのまま様子をみていれば、その三郎まで行方をくらましてしまうかもしれない。そこがむつかしいところである。

一時間ばかり経った十一時すぎ、三浦から、向いの子供服屋の二階を借り、そこから見張っている。吉田はそのあたりをぶらぶらしている。さっきまでアラモの連中は麻雀をしていたが、いまは静かになっている。眠っているのだろうと思うという電話があった。つづいて三十分ばかり後、戸田が昂奮した声で、電話をかけてきた。野瀬美智子が、はっきり三郎と兼本を覚えていたというのである。

「三郎のアラモらしいですよ。裏からすぐ二階へ連れられていって、三郎にスリップ一枚にされたんです。兼本のほうは、セリ市のセリをやった男だそうです」

「すぐ帰って来い」

仙田のはりきった声で、刑事部屋がどっとにぎやかになった。山辺がそれで、

「兼本は、いつか大仏金融へ、夜更けに入っていきましたよ。あそこもそうなると臭いな」

「あのビルの地下に、そういえば、クラブがある。砦というクラブだったな。あれは、児島のビルだよ。児島の土建会社は、もとあそこにあったンだ。あそこは、表通りと裏と入口があるんだ。うちだけでは、手が足りないね」

徳田老がそう言いながら、仙田のほうをみた。仙田が言いだしかねている本庁の応援のことを徳田老がきりだしたのである。

仙田はみんなの顔をみないで本庁へ電話をかけた。捜査の報告をし、応援を仙田が頼む間中、所轄の連中は、しいんとしていた。年中、おこることであり、そうすることが必要なのはわかっているが、なんとなくさみしいものなのである。

この手で犯人をとらえたいのが刑事というものなのである。


本庁からお偉方が、一班、張りこみにやって来た。

大仏金融のビルは、表通りのむかいの美容院の二階と、裏の旅館の二階から、昼夜、見張られつづけた。

手持ちの女があるかぎり、一度は必ずセリ市をやらなければならない。果してクラブ・砦をつかうかどうか、息をひそめて刑事たちはじっと待っていた。そういう連中は獣のように敏感で、ちょっとでも動きが大きくなれば、罠にたちまち気づいてしまうのである。

根気のいる深い沈黙の戦いが、春のうららかな日の中でつづいた。そしてちょうど十日ぶりの真夜中に、その裏通りへつぎつぎに自家用車が停り、女が運びこまれ、とりどりの国の連中がやって来はじめた。

罠に獣はかかったのである。

真夜中の三時きっかりに、刑事の指揮で警官隊が表と裏から現場を急襲し、十七人の女と二十六人の客たちを逮捕して、その闘いは終った。日曜の朝のことである。

子供たちの食事の支度のある山辺は、一ト足さきにわが家へ帰ってきた。五時をすぎたばかりである。

まだ御飯の支度には、少々、早すぎる。山辺は、上着とワイシャツとズボンを脱ぎ、眠っている子供たちと蘭子の間の蒲団へそっともぐりこんだ。

クラブの中での乱闘の光景が、まだ昂奮している頭にのこっている。大物の魚を吊りあげている昂奮のように、その気持ちは官能的でさえある。満足と収穫のよろこび、男の力を発揮しきった快感、正義をうちたてた輝かしさ、この世のあらゆるよろこびが、生きる甲斐が、そこに在(あ)るのである。

ふいに隣りから蘭子が、

「今日は起きるから、寝てていいですよ」

と言った。きまりわるそうな想いが、その声の底にのこっている。

山辺は、おどけて御機嫌が直りましたかね、と言おうと思ったが、気持ちが充実して澄んでおり、そういう軽い言葉は口から出なかった。

「ありがとう、しかし無理をすることはないよ」

その声もおだやかに澄んでいた。

「昨日、起きて湯へ入ってみたの」

「そうか、それじゃ頼むよ」

山辺は、蘭子がやる気をだしたのを、はっきり感じた。それは、ぎりぎりのところで、小切手をうけとれなかった自分と、同じ感じのものだった。

山辺の顔は暗い部屋の寝床の中で、ほのぼのと倖せそうになった。

一千万円の小切手のことを話したくなった。

それと同時に、ことりと彼は眠りにおちこんでいった。

すると夢で、蘭子の、

「まあもったいない」

と叫ぶ顔が見え、あっと眠りからひきもどされた。

いつの間にか、蘭子が彼の寝床へ移ってきており、ぴったりよりそっていた。

彼はその蘭子を右腕で抱いていた。

日曜日の釣りは、身元不明

小路幸也

〈昭和五十年十月五日　日曜日。

人生には、どうにもならないことが突然に起こってしまうものだというのは、わかっていました。

私のこの右手の指が動かなくなったのもそうです。自分のせいだとか、傷つけてしまった人のせいだとかはもう考えません。どうにもならないことが起こってしまったんだと思うようになっています。怪我や病気だってそうです。私が数多く診てきた、手術してきた患者さんたちも、まさか自分がこんな病気や怪我をするなんて思ってもみなかったはずです。

平和なこの雉子宮にだってたくさん人の暮らしがあって人生があって、そうして、どうにもならない出来事が起こってしまうものなんです。災難のようなことが降り掛かってしまうことがあるんですね。考えると、溜息が出てきます。〉

木々の紅葉が少しずつ始まっていって、毎日窓から外の景色を眺めるのが楽しみになっていました。山と川に囲まれていますから、どこを向いても見ても風に揺れる葉を茂らせる木々があって、それが季節の変化と共に色づいていくのをこんなにも日々感じられるのは生まれて初めての経験です。

いつか慣れていって、今年もいつも通りって思うのかもしれませんけど、でも自然の変化が毎年同じなんてありえませんよね。

今日は日曜日。いつもより少しのんびりと起きて、台所のテーブルで朝ご飯です。白いご飯に、頂いたさつまいもとタマネギを入れたお味噌汁。卵焼きにはピーマンとじゃがいもと魚肉ソーセージを混ぜ込んで焼いて、お豆腐には早稲(わせ)ちゃんが作った自家製のお味噌を載せて。あとは、納豆にぬか漬けに焼海苔(やきのり)です。

クロとヨネが足下でごそごそと動いています。チビが周平(しゅうへい)さんの背中のところに乗っかって、何か貰えないものかと覗き込んでいます。秋になって部屋の中の空気が冷えてきたせいなのか、あるいは猫たちも私たちをすっかり飼い主だと認めてくれたのか、こうやって甘えてくることが多くなりました。

まぁ今は朝ご飯の残りをねだっているだけでしょうけど。

「絵でも描けたらいいなぁって思うわ。紅葉の山なんて」

「絵か。いいね」

周平さんもそう言います。

「でも、絵は上手だったの?」

「上手、だったように思う」

「思うって」

周平さんが笑います。

「写生は上手だったと思うのよね。こう、見たままを写して描くっていうのは。でも、何か好きなものを描けって言われると全然駄目だったように思う」

「あー、僕もそうだったかな。あれだよね。猫を見ながら描くとそれなりにきれいに描けるけど、想像して描くとなると途端に変な生き物になるタイプ」

「そうそう」

芸術的なセンスはまるでないかもしれません。

「観察眼はあるんだけど、絵心はまるでないのかも」

「だから医者とか警察官になったのかな」

「あら、医者にだって想像力は必要よ」

「警察官にも必要だけど、そこに芸術的な感覚は必要ないかもしれないな」

まぁ、そうかもしれません。

「絵の具でも買ってくるかい？」

「あ、でもね、絵の具はね、学校にあるって」

学校？　と周平さんはちらりと窓の方を見ます。窓の向こうには山の中腹に小中学校が見えます。

「そりゃあ学校にはあるだろうけど」

貰うわけにはいかないだろうって言います。

「違うのよ。予備でね、必ず絵の具のセットを置いてあるんだけど、絵の具って放っておくと固まっちゃうんだって。だから忘れた生徒なんかに使わせるんだけど、それでも残っちゃうんだって」

「それを使っていいって？」

そうなんです。

「使わないと絵の具も可哀想だから、写生とかしたくなったらいつでもどうぞって。二宮（にのみや）先生が言ってた。何だったら画板も筆とかも一式貸しますよって」

「それはありがたいね」

日曜日は休みですけれど、駐在所を二人で長い間留守にするわけにもいきません。ここに来て半年になりますけど、まだ一度も二人で村を離れて買い物なんかに行ったこともありません。

でも、日曜日にその辺で絵を描くぐらいだったら、何かあったらすぐに戻ることもできます。

「じゃあ、僕が写真を撮ったりしている間に」

「そう、私は風景画を描いていたりして」

ゆっくりと二人で休日を楽しむこともできるかもしれません。それも、右手の指を動かす訓練にもなるでしょう。

「画用紙ぐらいは自分で買わなきゃね」

「あ、それもどうぞ持ってってって、って。学校でまとめて買ってるから、仕入れ値でお分けしますよって」

二人で笑いました。田舎の暮らしは、確かに都会に比べると不便だなと感じるところはありますけど、その代わりに皆で助け合ったり融通し合ったり、知恵を出し合ったりがあります。

物がないなら作る、ということもあります。この間も、電話を机に置いておくと不便に感じることがあって、くるくると回る台のようなものがあって、その上に置けば二人でも使いやすいと話していたら、二軒向こうに住む高畠さんがあっという間に木切れを使って作ってくれました。農家の人たちは本当に何でも器用にこなしてしまいます。

周平さんが制服を着ない日曜日。

お天気も良いですし、特に買い物もありません。絵の具を借りに行くのは平日にするとして、二人でのんびりと周平さんの趣味であるカメラを持って散策してもいいでしょうか。

「うん？」

周平さんがふいに何かを聞きつけたように玄関の方を見ました。

「おはようございます！」

勢い良く走り込んできたのは、良美さんです。

康一さんの奥さん。

「どうしたの?!」

息が切れています。額に汗が浮いて髪の毛が貼り付いています。ずっと走ってきたみたいです。玄関先で立ちつくし、胸に手を当てて呼吸をしています。

「川で、人が」

「落ち着いて良美さん。深呼吸して」

立ち上がって迎えた周平さんが言います。良美さん、本当に長い距離を走ってきたみたいです。息を整えて、喋れるようにしようとしています。

「お水飲んで。ゆっくりね。一口ずつ」

すぐに水を入れたコップを渡します。こういうときにいきなり飲むと空気と一緒に水が気管に入ってしまって、咳き込む原因になります。

良美さんが頷きながら、コップを受け取って一口飲みました。まだ息は荒いです。あ、でもそういえば良美さん、高校生の頃は陸上部に入っていて長距離だったって言っていましたね。

「川で、人が倒れているんです！」

人が？

「どこの川？」

「川音川(かわねがわ)の上流です！　うちの人が見ています」

周平さんの表情が引き締まります。

「怪我していた？」

「わかりません。まったく動いていませんでした」

少し考えました。救急車を呼ぶかどうかを考えていたんでしょうけど、川音川の上流なら車で三分も掛かりません。

「花さん、救急セットを持ってすぐに行こう」

「うん」

早稲ちゃんに電話をして留守番を頼みます。川ならば長靴も必要でしょう。良美さんも長靴を履いていますから、康一さんと川まで行っていたんでしょうか。

周平さんが身支度を整えて、すぐにジープに飛び乗ります。

「良美さんも乗って！」

「はい！」

良美さんを助手席に乗せて、私は後ろの荷台に座りました。ジープを発進させると同時に、神社の階段を下りてくる早稲ちゃんが見えたので、手を振って合図してお願いね、と頭を下げました。

「良美さん、ゆっくりでいいから、倒れている人を発見した状況を教えて」

良美さんが頷きました。

「康一さんと二人で歩いて山小屋へ行こうとしていたんです。富田さんがキノコの採り方や見分け方を教えてくれるというので」

山小屋の管理をずっとしている富田さんは、山のことなら何でも詳しいです。私たちにも採ったキノコをわけてくれることがよくあります。

「そうしたら、康一さんが、途中で河原に何かがあるのに気づいて、なんだあれって」

「それが、人間だった？」

「そうです。私はそのまま山道を急いで下りて知らせに来て」

「わかった」

良美さんはその人を確認していないんですね。

川音川沿いの山道をジープで走っていきます。ここは山小屋にも通じるところなので、ずっと車で走っていくことができます。

「もうすぐです！」

良美さんが腕を上げて前の方を示しました。周平さんがスピードを緩めます。

「あそこ！」

見えました。

顔はわかりませんが、河原に三人の人が集まっています。

そして、その中心に、男の人が一人横たわっているのもわかりました。

道には山小屋のトラックも停まっていました。その前に、周平さんがジープを停めます。車を降りて、河原に通じる小道を歩いていきます。ここは整備された道ではなくて、いつの間にかできあがっている獣道です。でも、あちこちに木や石が埋め込んであって、滑らないようにうまく歩いていくことができます。

「気をつけて。滑らないように」

「うん」

周平さんが私の手を取って、転ばないように慎重に獣道を歩いていきます。私は後ろにいる良美さんの手を取りました。河原まで下りて、ゴツゴツした岩と石に足を取られないようにして、石の上を歩いていきます。

ようやく誰が集まっているのかがわかりました。康一さんの他に、山小屋の富田さんと坂巻（さかまき）くんです。

「花さん」

難しい顔をして康一さんが私を呼んで、下に横たわっている人を示しました。やや太り気味の中年男性です。

「うん」

頷いて、すぐに脇にしゃがみ込んで、男性の脈を見ます。

脈がありません。

呼吸もしていません。心臓に手を当て、それから耳を当てます。まったく動いていません。閉じている眼を指先で開けました。瞳孔（どうこう）が完全に開いています。何よりも、指に、腕に、硬直が始まっていました。

「見つけたときには、もう息がなかったよ」

康一さんが言います。良美さんは康一さんの後ろに隠れるようにして少し怯えています。それが普通の反応ですね。死体を見ても平気でいられるのは医者と看護婦と警察官ぐらいでしょう。

「花さん、どう」

周平さんが言うので、顔を上げて首を横に振りました。

「駄目です。もうお亡くなりになっています」

どうしようもありません。発見時には間違いなく亡くなられていたんでしょう。

「どれぐらい経っているかわかる？」

「はっきりとは言えないけど、一時間か二時間か」

「そうか」

溜息をついて、ゆっくりと立ち上がります。医者は、亡くなられた方には何もできないのです。ただ、皆と同じように、手を合わせてご冥福を祈るしかありません。

私がそうすると、皆もそうしていました。

「良美さんに聞いたけど、最初に見つけたのは康一だって？」

合わせた手を下ろして周平さんが言うと、康一さんが軽く頷きました。

「そうだ」

康一さんが頷きました。

「びっくりしたぜ。最初はあの道から見えて」

康一さんがジープを停めた辺りを指差します。

「最初は毛布かなんかが転がっているのかと思ったんだ。でも、よく見たら人じゃないかってさ。こりゃまずいんじゃないかって慌てて良美を駐在所に呼びに走らせて、俺はここに下りてきてさ。でも、手遅れだったよ。そのときにはもう冷たくなっていた」

少し顔を顰めます。頷きながら周平さんが屈み込んでご遺体の様子を見ています。

「発見したときには、どういう体勢だった？」

「うつぶせ。こういう感じで」

康一さんが手を上げて広げて、少し下を向きました。

「うつぶせか。じゃあ息をしているかどうかを確認するために、ひっくり返したんだな？」

「そう、それぐらいは大丈夫だと思ったんだが、そうだよな？」

「大丈夫だよ」

褒められるようなことではないでしょうけど、康一さんは前の職場で、殺人事件や悲惨な事故の現場を、数多く見てきたと話していました。ある意味ではこういうことにも慣れているんだと思います。

ご遺体の男性は明らかに釣りをしに来た格好をしています。そこに落ちている釣竿はきっとこの人のものなのでしょう。

「康一が発見して、どれぐらいで富田さんと坂巻くんが来たんですか?」

三人が顔を見合わせました。

「たぶん、二分も違わないと思う」

富田さんが言います。

「二分ですか?」

それは、ほとんど同時と言ってもいいですね。

「富田さんと坂巻くんは何故ここに?」

それはな、と、富田さんが言いました。

「本当の意味での第一発見者は、ひょっとしたら圭吾(けいご)かもしれねえな」

「坂巻くんが?」

周平さんに、坂巻くんが頷きます。

「山小屋から何気なく双眼鏡で辺りを見回していたんです。そうしたらここの河原に人らしきものが見えて、叔父さんに言って二人で車で来たんです」

「そうですか」

「走っている最中に、佐久間くんが河原に下りてったのはわかった」

そうでしたか、と周平さんが頷きます。

「村の人ではないですよね？」

私も見覚えがないと思っていました。富田さんも、坂巻くんも、もちろん康一さんも良美さんも頷きます。

「まったく見たことない男だな」

富田さんが言います。

「登山者でもないですね？」

「違うね。今日は誰からも登山の届けはない。もっとも」

少し唇をへの字にしました。

「知ってるだろうけど、別に届けを出さなきゃ山に登れないわけじゃないかんな」

その通りです。ここは西沢山系登山の入口にはなっていますけど、雉子宮にある山はどれもそんなに高い山じゃありません。

その気になれば女性でも簡単に日帰りで登って下りてこられる山です。山小屋も、登山や釣りに来た人が食事をするところと、数人が泊まれる簡易宿泊所になっているだけの小さなところです。

「花さん、すまないけど外傷がないかどうか調べてくれるかい？」

「はい」

頭を探ります。顔に痕がついていますけど、これは倒れたときに河原の小石にぶつけたのでしょう。傷にもなっていません。髪の毛を探りますが、どこにも血がついていたり傷があったりはしません。他にも、蜂とか虫に刺されたり、あるいは蛇に嚙まれたような箇所もありません。

「手にも外傷はなし。服にも切られたり穴が開いてる箇所もなし。すみません、ちょっとひっくり返してもらえますか。ゆっくりと」

周平さんと康一さんが二人でご遺体を裏返します。

「後ろにも、特に何もないですね」

「ないね」

着衣も汚れてはいますけど、川の水で濡れてはいません。周平さんが少し首を捻って何かを考えていました。

「花さん、この状態で考えられる死因は？」

「心疾患（しんしっかん）、あるいは脳疾患ね。心臓発作とか、あるいは脳梗塞（のうこうそく）とか」

口の中も見てみましたが、特に色が変わったりもしていませんから毒死でもないようです。

「もちろん、服を脱がせてみなきゃわからないけど、蜂に刺されたようなところもなさそうだわ。外傷もまるでなし。何よりも、周りには大きめの石もあるのに、頭や顔にも傷がついていない。つまり、急に倒れたのではなく、ゆっくりと倒れたってことになるわね」

「心臓発作が起きて、苦しみながらその場にゆっくりと、崩れ落ちるようにって感じかな」

「そういうふうに考えられるわね。あくまでも、現段階ではだけど」

正確なところは解剖してみなければわからないし、解剖しても原因不明なこともあるのですけど。

「体格からして、肥満の傾向は明らか。心臓に負担が掛かる毎日を過ごしていたと考えても不自然じゃないと思う」

「うん。皆さんちょっとそのまま待ってて」

周平さんがご遺体のポケットなどを探り始めました。釣りのジャケットのポケットの中に財布がありました。中を開けて、周平さんが確かめます。

顔を顰めました。

「現金しか入っていないね」

「強盗とかではないってことか」

康一さんが言いますけど、周平さんが首を傾げました。

「いや、その他のものが何も入っていないっていうこと」

その他のもの、ですか。

「免許証も何もないんだ」

続けて周平さんはあちこち探りましたけど、釣りの道具しか見つかりませんでした。

「まったくの身元不明ってことになんのか」

富田さんの言葉に、周平さんが頷きます。

「今のところはですね。皆さんに一応、確認します。これも僕の仕事ですから気を悪くしないでくださいね。誰も、このご遺体から身に着けていたものを取ったりはしていませんね？　それはそれぞれが確認できますよね？」

また三人が顔を見合わせます。

「疑われてないとは思うけど、何も取ってないぜ」

康一さんが言います。富田さんも、坂巻くんも同時に頷きました。

「保証する。三人とも死んでいるのを確かめただけだ。俺らが来ているのを佐久間くんもわかっていたし、着くのを待っていた。その間ずっと見ていたんだ」

富田さんが言うと、坂巻くんも頷きました。

「間違いないです。康一さんは、息をしていないのを確かめていて、後は僕たちが来るのを少し離れて待っていました。僕も保証します」

真剣な表情で坂巻くんは言います。

「わかりました」

周平さんが大きく頷きました。

「すみませんね。こんなこと皆さんに訊いちゃって」

「いや」

康一さんが言います。

「警察官としては当然の質問だろう。誰も気を悪くなんてしないよ」

「助かる」

それから、周平さんはゆっくりと辺りを見回しました。山道のところにもう人が何人か集まってきていました。早稲ちゃんのお父さんの清澄さんの顔も見えます。周平さんが手を上げて、そこから動かないでくださいと指示を出しました。

「この人」

坂巻くんが言って、ご遺体を指差して周平さんを見ました。

「もしもこのまま身元不明だったら、どうなるんでしょうかね」

「どうなるとは？」

「いや、ほら、保管っていうか、そういうのはできないでしょ？」

周平さんが坂巻くんを見つめて、少し考えてから言います。

「身元不明のままだと、そのまま火葬されて無縁仏になってしまうね」

「あ？　そうなんだ」

康一さんが少し驚きました。

「そうなんだよ。可哀想な気もするだろうけど、警察としては身元不明である以上はどうしようもないんだ。だから」

周平さんは坂巻くんに向かって言います。

「今回の場合は遺留品に現金があったから、それを費用にして自治体で葬儀を行ってしまう。ちゃんと供養するからそこは心配ないよ。無縁仏にされてしまうのは可哀想だけどね」

「そうですか」

小さく言って、坂巻くんは唇を少し引き締めました。それから、周平さんが見つめているのに気づいて、ちょっと首を傾げました。

「や、前にもそんな話したからです。叔父さんと。山で死んでる人がいたとして、身元がわからなかったらどうするのかなって」

あぁ、と、富田さんも頷きます。

「話したことはあるな。今までそんなことはなかったけどな」

　登山者で死亡事故は今まで起こったことはないと聞いています。小さな怪我ならいくつもあって、その度に富田さんと坂巻くんは、怪我人を町の病院まで運んだりもしていたそうです。

「富田さん、山小屋には担架がありますよね」

「あるぞ。そこのトラックに積んである」

「さすがです。申し訳ないですけど、それを持ってきて、このご遺体を長瀬寺(ながせでら)まで運んでもらえないですか。僕の方から昭憲(しょうけん)さんには伝えておきますから」

「わかった」

　富田さんが頷きました。

「坂巻くんも手伝ってくれるかい？」

「はい、わかりました」

「僕は一度駐在所に戻って本部に電話して指示を仰いでから戻ってくるので、康一と良美さんは、それまでここに誰も立ち入らないように見張っててもらえるかな」

「了解。まかしとけ」

「念のために、じっとして動かないようにね。後で足跡なんかも確認したいんだ」

　康一さんがオッケーと大きく頷きました。

「でもいいのか？　本部の指示なしで勝手に死体を動かしても」

「事件性はまったくないと判断できるからね」

　周平さんが頷きながら言いました。

「まったく想像もできない殺し方があるのなら話は別だけど、明らかに事故だからね。現場を確認さえしておけば大丈夫だ」

「私はどうしようか」

　少し考えて周平さんは頷きました。

「花さんは司法解剖の経験もあるよね」

「あるけど」

　今は無理です。この手ではご遺体をきれいに切る自信はありません。周平さんもわかってる、と続けました。

「でも、ひょっとしたら、市内の病院に運んで、全身の所見だけお願いすることになるかもしれない。身元不明の場合は遺族の確認ができないから、解剖しないで死因をはっきりさせなきゃならないことがあるんだ。一緒に戻ってそのまま駐在所で待機していて。早稲ちゃんにそのまま留守番をお願いするかもって伝えておいて」

「わかりました」

駐在所に戻って周平さんはすぐに電話で本部に連絡を取っていました。その間に私は留守番をしてくれていた早稲ちゃんに事情を説明すると、驚いていました。

「坂巻くんもいたんだ」

「いたわよ。第一発見者みたい」

「そうなんだ！」

眼を丸くしていました。

「山小屋から双眼鏡で辺りを眺めていたときに見つけたんだって。坂巻くんはよくそういうことしてるの？」

「してる。山に異常はないかとか、そういうのを毎日いつも確かめているって」

やっぱり早稲ちゃん、坂巻くんのことをよく知っているんですね。

電話で相づちを打っていた周平さんが受話器を置きました。

「どうなったの？」

「遺体の特徴を提出してから行方不明者の届けを確認して、割り出しをしてもらうけど、しばらく時間は掛かるね。こっちで誰も見覚えがないことを確認し終わったら、遺体は松宮(まつみや)市の総合病院に運ぶよ。車は手配済み。そこで検視もしてもらうから、花さんはもう大丈夫。花さんの所見も伝えておいたから、たぶんそのまま心筋(しんきん)梗塞(こうそく)ってことになるんじゃないかな」

「解剖はしないの？」

「事件性がまったく感じられないからね。たぶん、服を全部脱がしても遺体には損傷も外傷もないだろうし」

　そうなりますか。

「早稲ちゃん」

「はい？」

「見知らぬ人の、ご遺体を見ても大丈夫かな」

　早稲ちゃんがちょっと眼を大きくした後に、唇を引き締めて頷きます。

「これでも神主になる身です。大丈夫です」

「申し訳ないけど、一緒に長瀬寺に行って、ご遺体の顔を見てもらえると助かるんだ。できるだけ多くの人に見覚えがないかどうかを確認してほしいから」

「わかりました」

　一度駐在所を閉めて、すぐに戻りますという札も下げて、早稲ちゃんと三人でジープに乗って長瀬寺に向かいました。

　お寺の前には車が何台か停まってましたから、他にも誰かが確認に来ているんでしょう。私と早稲ちゃんを下ろすと、周平さんがドアを開けて言います。

「僕は現場を確認してからまたここに戻ってくる。早稲ちゃんは清澄さんたちが帰るんなら一緒に神社に戻っていても構わないけど、花さんは悪いけど警察の車が到着して遺体を運んでいくのを確認してもらえるかな。あと、皆さんの話を聞いておいて。見覚えがないかどうか」

「わかった」

ジープが走り去るのを見てから、早稲ちゃんと一緒に本堂に上がっていきました。

本堂には、住職である昭憲さん、清澄さん、そして「村長」の高田（たかだ）さんと、富田さんに坂巻くんがいました。

「おう、早稲ちゃんも来たのか」

高田さんが言います。皆で、本堂の隅にある火鉢のところで固まっていました。広い本堂は寒いですからね。

「蓑島（みのしま）さんに言われて、一応ご遺体の顔を確認しに」

早稲ちゃんが言うと、皆が頷きます。ご遺体はほぼ中央の蒲団に寝かされていました。毛布が掛けてあり、顔には白い布が掛けられています。

「後から供養されるんだろうけどね。一応、経は唱えておいたよ」

手を合わせて昭憲さんが言います。早稲ちゃんがご遺体に近づこうとすると、坂巻くんが先にご遺体の傍に行って、顔の白布（はくふ）を取りました。

早稲ちゃんが頷いて、手を合わせてから覗き込みます。唇を引き締めて、真剣な顔で見つめました。

「まったく見覚えない」

後ろにいた私に言いました。

「わかった。周平さんに伝えておくね」

こくり、と頷きます。坂巻くんと早稲ちゃんも顔を見合わせて、白布を元に戻して皆で下がりました。

まぁお茶でも飲みんさい、と、昭憲さんがお茶を淹れてくれました。皆で火鉢の周りに座り、何とも言えない雰囲気が流れます。普通は、こんな経験は一生に一回もないでしょう。

「花さん」

「はい」

清澄さんです。

「私も昭憲もね、村長も誰も見覚えがなかった。この三人がわからんのだから、少なくとも村の関係者じゃない」

「都会のもんじゃろう?」

高田さんが言います。

「たぶんですけど」

服装からしてそうだと思います。

「村の人間の親戚とかな、そういうんは大体はわかっとる。遊びに来とるとか、そういうんはな。あんな洒落た格好で釣りに来るんいう人間の知り合いがいるなんていうのは聞いたこともない。よそもんで、釣りにやってきた酔狂な男で間違いないさ」

そういうことになるんでしょう。

「よそもんの行き倒れなんて、滅多にないというか、初めてだなぁこんなことは」

清澄さんが顰めっ面をして言います。

「釣り雑誌なんかに出たからかもな」

富田さんです。

「そうなんですか？」

「そうです」

坂巻くんが頷きました。

「今年の夏にここの釣り場が載ったんですよね。それから新しい釣り人が増えちゃって」

高田さんが頷きました。

「釣り場もなぁ、痛し痒しさなぁ。釣りする連中が来て賑わうのはいいったって雑子宮になーんの得もない。ただ魚が減って釣り場が荒れるだけでよぉ」

「まぁ荒れるほどにはまだ増えてはいないけどな」

清澄さんが頷いて続けます。

「何か釣り人相手の商売が村でできればいいが、そもそも釣りするんは魚を獲りに来るんで、金を落とそうとか思っとらんからな」

「釣り堀とかにすれば別だがな」

富田さんです。

「釣り堀って、川をか」

「そうよ。川に何ヶ所か石積んで塞き止めてよ。天然の池を何ヶ所かに作っておいて、岩魚とか捕まえておいたもんを放して、それを釣らせるんだ」

「そういう商売やってるところは他のところにもうありますから」

坂巻くんも頷きながら言いました。

「なんほどな。けどそれで金になるんか」

「まぁ、それだけじゃあ無理だろ。あとは一緒にキャンプ場とかな。そっちの方を考えなきゃあどうにもならんけどな」

「そういう施設がここにもできたらいいんですけどね。そうしたら働ける環境が増えて、若い人も出て行かなくなるかもしれないし」

坂巻くんです。数少ない若い男の子ですから、いろいろ考えているみたいですね。そんな坂巻くんを見る早稲ちゃんの眼は、やっぱりこれは付き合っている者同士じゃないかって感じます。

「まぁここに予算を使おうなんてなぁ、誰も思わんからな」

清澄さんです。周平さんはときどき夜に呼び出されて、村の集まりで一緒にお酒を飲んだりしています。もちろんちょっとだけですけど。その中でも話に出るのはこの雉子宮をもっと豊かなところにしたいけど、どうにもならないという話です。

まだ農家がたくさんあるので寂（さび）れた村とまでは言えないですけれど、若者がどんどん都会に出て行ってしまうのは事実。

横浜という都会からやってきた周平さんに、あれこれと話を聞いてくる人も多いようですね。

「さて、じゃあ帰るとするか」

高田さんが腰を上げます。

「送っていこう。早稲は？」

「あ、私は花さんと帰る。周平さんが戻ってくるから」

「そうか」

一緒に立ち上がった富田さんに、坂巻くんが言います。

「俺は残りますよ。もし何かあったら、男手は必要でしょ」

「そうだな。そうしろ」

皆で一度ご遺体に手を合わせて、本堂を出て行きました。

「昭憲さんもいいですよ。私たちが見ています」

「そうか。なら、頼むな」

いろいろとお勤めもあるでしょう。昭憲さんも一度庫裏(くり)の方へ戻っていきました。残ったのは私と早稲ちゃんと坂巻くん。

「一気に平均年齢が若くなったね」

ちょっと冗談を言ってみましたけど、早稲ちゃんも坂巻くんも苦笑いしただけでした。確かにご遺体と同じ部屋でばか笑いもできませんけど。

「坂巻くんは、富田さんの甥っ子なんだって？」

「そうです」

小さく頷きます。

「小さい頃に親父が死んじゃって、母親も、何だか後を追うみたいに。で、叔父さんは昔は炭焼きやってたんですけど、土地やらなんやら全部売っ払って山小屋建てて、俺を引き取ってくれて。それからずっと」

「まぁ、小さい頃からずっと一緒にいたから、もう一人の親父みたいなもんです」

少し淋しそうに笑みを見せながら言います。その横で早稲ちゃんも静かに頷いていました。

「お姉さんが東京で亡くなられたって」

あ、と、いう顔をして私を見ました。

「そうなんです。誰かから聞きました？」

「神社の裏の、美千子(みちこ)ちゃんから。私に似てるって言ってた」

あぁ、と、坂巻くん少しばつが悪そうに、恥ずかしそうに笑いながら頭を掻きました。

「そうなんですよね。や、実は前から思ってたんだけど、そんなの言うの何か悪いなって思って」

「私も」

早稲ちゃんが、ちょっと肩を竦(すく)めてから笑みを見せます。

「会ったときからずっと思っていたんだけど、やっぱり死んじゃった人に似てるっていうのも何かなって、黙ってた」

「気にしなくていいのに。私に似て美人だったんでしょ？」

三人で笑って、でも、いけないいけないと声を潜めました。

「でも、絢子(あやこ)姉ちゃん背は高かったよね」

「うん」

「私と比べたら皆背が高いよ。言ってなかったけど、私手術するときに台の上に乗ったこともあるんだから」

「本当に？」

くすくす笑います。恥ずかしいけど本当なんです。そういえば坂巻くんも、周平さんほどではないですけど背が高くてすらっとしています。

「ご家族がいなくなっちゃって、淋しかったね」

言うと、少し眼を伏せ坂巻くんは頷きます。

「叔父さんもいるし、村の皆は小さい頃からよくしてくれるし。清澄さんも面倒みてくれたし」

そう言って微笑みました。

「早稲ちゃんもいるしね」

二人で顔を見合わせてから、私を見ます。うふふ、とわざとらしく声を出してみましたけど。

「や」

二人して慌てたようにしましたけど、車の音が聞こえてきました。

「あ、車が来た」

誤魔化されちゃいましたけど、間違いないですね。早稲ちゃんがあんなに顔を真っ赤にしたのを初めて見ました。

「ご苦労様です」

車は、ライトバンです。警察車両ですね。

「途中で蓑島巡査と会って話してきました」

スーツを着た方と、もうお一人は制服警官でした。

「そうですか」

「すぐに、引き取ります」

ご遺体を袋に入れて運んでいきます。坂巻くんも手伝って、車の後ろに入れます。

「それでは、失礼します」

私たちに敬礼して、車に乗り込んでいきました。

「ご苦労様でした」

頭を下げて、そして手を合わせました。

「ああいうのは警察が運ぶんですね。救急車が来るもんだって思ってた」

去っていく車を見ながら早稲ちゃんが言うので頷きました。

「救急車はね、明らかな死体は運ばないのよ。警察の担当がやってきて運んでいくの」

「そうなんですね」

坂巻くんも、呟くように言います。

そして、何かを思うように、大きく溜息をつきました。ひょっとしたらお姉さんの死亡を確認するのに、東京に行ったときのことを思い出したのかもしれませんね。

周平さんが迎えに来てくれて、駐在所に戻るともうお昼になっていました。日曜日のお休みなのに、もう一日分働いたような気がします。

「ご飯は、食べられる？」

周平さんに訊きました。

「大丈夫だよ。報告事項をまとめるだけだし」

「おうどんでいいかな？　鶏肉とタマネギ入れて、かしわうどん」

「いいね」

私はおうどんだけで充分ですけど、周平さんには朝のご飯の残りがありますから、それでおにぎりも作りましょう。

駐在所のテーブルにおうどんを運んで、二人で向かい合ってお昼ご飯です。

「あれから周囲をかなり探したんだけどね」

周平さんが言います。

「うん」

「やっぱり何にもなかったんだ。身元が判明する物が何ひとつない」

「じゃあ、本当に財布と釣り道具だけ」

そう、と、周平さんは頷きます。

「一応、歩いて入れる範囲の川の底なんかも見てきたけど、何もなかった」

「それ以上の川の捜索はする？」

いや、と、頭(かぶり)を振りました。

「これ以上はしないかな。事件なら別だけど、身元不明の事故死の死体がひとつ出たっていうだけで終わっちゃうな」

「そうなのね」

ご遺族にしてみれば納得はいかないでしょうけど、そもそもご遺族がいるのかどうかもわかりません。

「いちばんの疑問はね」

うどんをすすってから、周平さんが言います。

「うん」

「車がないんだ」

「車？」

そういえば。

「雉子宮に来るのには、バスがある。釣りに来る人が乗ってくることもあるけれど、それは近隣の人たちだけだと思うんだよね。それにあの身元不明者は、けっこうなお金持ちじゃないかと思うんだ」

「着ていた服とかででしょう？」

それはさっき見たときに私も思いました。セーターひとつとってもいい素材のものでしたから。

「そう。現金もかなり持っていたし財布も高級な革財布だった。だったら、自分の車でここまで来ていてもおかしくはないと。富田さんに釣竿を確認してもらったけど、それも高いものだったんだ。けっこう使い込まれているから釣りはベテランじゃないかって。だったらもっと道具があってもいい。釣竿の予備とか、履き替える靴とか、魚を入れて帰る箱とか着替えとか。そういうものがひとつも見つからなかった」

「そういうものを持ってきているとしたら、車で来ていないのはおかしいわね」

「そういうこと。遺体はあの河原で身ひとつで倒れていた。それは、他の道具を全部車の中に置いといたからじゃないかって推測されるんだけど」

「でも、車がないんだ」

うん、と、難しい顔をして周平さんが頷きます。

「もしも、車が隠されたとしたら、どういうことかわかる？」

「え？」

周平さんがおにぎりを食べます。

「財布から免許証を抜き取ったのと同じことだよ。身元をわからないようにしたんだ」

「そっか、車のナンバーから」

そういうこと、と、周平さんが頷きます。

「とりあえず推定年齢と服装や身体的特徴は全部本部に送って、身元不明者届や捜索願の確認をしてもらったけど、今のところ該当者はいない。この後各都道府県にも書類を回すけれども、届けがあるかどうかはっきりするのは一週間後かなぁ」

「でも、そもそも今の段階では捜索願が出ていないわよね。だってただ釣りに来ただけなんだから。朝に着いたとしてもまだ数時間しか経っていない」

「その通り」

　大きく頷きます。

「家族がいるとしても、捜索願が出るのには二、三日ぐらいは掛かるだろう。大の大人なんだからね。早くても今日の夜だ」

「でしょうね」

「出したとしてもどこに釣りに行ったか知らなかったら、たとえば東京の人なら近くの警察署に出しても、それがここまで回ってくるのには時間が掛かる。もしも、家族がいない独身ならもっと届けに時間が掛かるかもしれない。年齢的に、もう会社勤めを引退しているかもしれないから、ひょっとしたら何ヶ月も何年も届けも出ないで放っておかれるかもしれない」

「ご家族も親族もいないっていう場合もあるわよね」

「あるね」

　そういうことになるのでしょう。私は五十代と見ましたけど、人の年齢は本当にわかりません。もっとご老人で、一人暮らしで周囲との付き合いもなかったら、周囲の誰もその人がいなくなったことに気づきませんから。

「それにしても」

　周平さんが唇を歪めます。

「身元を示す物が全てなくなっているっていうのは、どうしてなのかが本当にわからないんだ」

「免許証を持っていないってことも考えられるわよね？」

「もちろん可能性はある。でも、あの革財布には、明らかに現金以外の何らかのものが入っていた跡があった。それは間違いないように思えるんだよね」

「それは」

　まさか。

「抜き取ったのは、この村の人ってことになっちゃう？」

「何とも言えない。でも、あの男性の知人が一緒にやってきて、あそこに死体を放置していくなんてことは、かなり考えにくい。人目につかない場所ではないからね。かといって、村の人間がそんなことをするなんていうのももっと考えにくい。あの男性との繋がりがどこにあるんだって話になるね」

「高田さんが、村の人の知り合いじゃないだろうって言っていたけど」

「僕もそんな気がしている」

　嫌な考えが頭に浮かんでしまいます。

「言いたくないしどうやったかはまったくわからないけど、殺人ってことも考えられる？　誰かが殺して、身元がわからないようにしたってことは？」

「いや」

それはどうかな、って周平さんは言います。

「殺人じゃないことは遺体の状態から明らかだと思う。未知の毒を使ったとかじゃない限りね。それに、殺しておいて身元がわからないようにするなら、どうして肝心の死体を放っておくのかなって」

「あ、そうね」

「そうなんだ。康一たちが発見するまで誰にも見つからなかったんだ。山の中なんだからいくらでも死体を隠すところはあるし、何だったらそのまま川に流せばいいんだ。そうすれば誰にも見つからずに海まで流れていくかもしれない。だから、身元をわからないようにして、なおかつ死体を放置する意味がまったくわからないんだよ」

確かにそうです。

「じゃあ、殺人じゃなくて本当に単なる自然死で、車では来ていなくて、身元を示す物が何もないっていう、妙な偶然ってことかしら?」

「それも、不自然なような気がするんだよね」

「不自然ね」

周平さんが困惑するのもわかります。

「ひとつ、考えられることはあるんだけど」

「なに？」

周平さんが顔を顰めます。

「財布から何かが抜き取られていたのは、事実なんだ。間違いないと思う。免許証とか名刺とか何かのカードとかね。それが、あの河原で行われたかどうかはわからない。でも、もしもそうだとしたら、発見者である誰かが抜き取ったことになる」

発見者は。

「康一さんか、富田さんか、坂巻くんってことになるけど、三人とも何も取っていないって確認したわよね」

「あの場ではね」

「あの場では？」

「もしも、康一が発見する前に、他の誰かが見つけていたとしたら？」

わからないです。

「どういうこと？　坂巻くんが双眼鏡で見つけたって言ってたけど、そのこと？」

周平さんが、どんぶりを持ち上げてお汁を飲んでから、うん、と頷きます。

「とりあえず、身元不明の死体が見つかり、事件性はまったくないということだけは確か。だから、それで報告書を仕上げて本部に持っていく。後は、もう少し様子見かな」

　様子見。

　他に何かがあるんでしょうか。

＊

　周平さんが報告書を仕上げて本部に出かけている間は、いつものように日曜日が過ぎていきました。美千子ちゃんや昭くんが本を読みに来て、ご遺体が見つかった話を聞きたがりましたけど、ただの事故だったんだよ、と言って済ませました。

　周平さんが戻ってきたのは、夕方。六時を回っていました。

「お疲れ様」

「ただいま」

　休みですけど本部まで行ったので制服は着ていきました。装備を外して上着だけ脱いで、やれやれとソファに座りました。

「特に何もなく？」

「うん」

　煙草を取り出して、火を点けます。

「免許証などが見当たらないのは確かに変だけど、死因に不自然なところは見当たらないし、やっぱり事故であることは間違いないだろうってこと、今のところは」

「今のところはってことは」

「そうだね。身元を確定する作業は継続中ってことだよ」

バイクのエンジン音が聞こえてきて、周平さんが顔を外に向けました。その音が、駐在所の前で止まりました。

「誰か来た？」

二人で玄関を見ます。

「こんばんはー」

戸を開けて入ってきたのは、康一さんです。

「こんばんは」

「どうも」

「今日はお疲れ様でした。どうしたの？」

康一さん、ヘルメットを脱ぎながら、ニヤリと笑って中に入ってきます。

「蓑島さんに、お使いを頼まれていてね」

「お使い？」

康一さんに何を頼んだんでしょうか。周平さんが頷いて、まぁ座ってとソファを勧めます。康一さんがよいしょと座り込むので、私は周平さんの隣に座りました。

「何か出てきたのか？」

周平さんが訊くと、康一さんが少し難しい顔をして頷きます。

「まさかと思っていたんだけどな。車のタイヤの跡を見つけた」

車、ですか？

「どこで？」

「参月沼」

「参月沼か！」

周平さんがパン！　と腿を叩きました。

「俺も驚いたんだけどさ。あいつ、夕方に一人で出掛けていったんだよ」

「参月沼にか」

「そう。あんなところに行く用事なんかないだろ？　なのに一人でさ、周りをきょろきょろ見ながらさ。暗くなってきていたから危ないったらありゃしないけどさ、何とか付いていってったよ」

あいつって。

「誰？」

康一さんが唇をへの字にしました。

「圭吾だよ」

「坂巻くんが？」

どうして参月沼なんかに。

「確認したら、参月沼の周りに、タイヤが草を踏みつけていった跡があったぜ。沼のほとりまでずっと続いていた。あんな踏み跡はそのまんま車を沼に沈めないと付かない」

「車はあったのか」

「まさか沼まで入れないから、車が本当に沼ん中にあるかどうかは確認できなかったけどさ。あそこに車で行く馬鹿はこの村にはいないだろうさ。間違いないさ」

確かにな、と、周平さんが腕組みします。

「しかしよく車で行けたなあんなところ」

「びっくりだけどさ。まぁ普段から山ん中歩き回ってる圭吾だからできたんだろうな。あちこちをさ、車でここまでなら入れるとかってルートを思い描いていたんじゃないのか？　遭難者を助けるための準備とかでさ」

「そうだな。坂巻くんはそういう奴だな」

坂巻くんが、普段から真面目に仕事をしている男の子というのには同意ですけれど。

「どういうことなの？」

　何を話しているのかまるでわかりません。

　周平さんが少し息を吐いて、私に言います。

「朝、康一に現場を見ててもらっていたろう？　その後に頼んだんだ。坂巻くんのことを見つからないように見張っててくれって」

「どうして？」

「彼は、遺体の処理をどうするのかって僕に訊いていたじゃないか。そのときの表情が妙に気になってね。何かあるのかなって思った。それに、本人も認めていたけど、彼が実質上のあの遺体の第一発見者なんだ。康一の少し前に見つけたって言っていたけど、双眼鏡で見つけたってことは、そのずっと前に発見していても全然おかしくはない」

　ずっと前に見つけた。

「じゃあ、見つけて一人で遺体を確認しに行って、そして身分証明になるものを全部隠して、車まで沼に沈めたってこと？　坂巻くんが？」

「その可能性が、高くなった」

　周平さんが顔を顰めて言います。

「どうしてそんなことを？」

「それはまったくわからない。これから聞かなきゃならないけど。何か、坂巻くんのプライベートなことを花さんは知らないかな？　早稲ちゃんとかに訊けばいろいろわかるんだろうけど」

個人的なこと。

「お姉さんが東京で病気で亡くなったって。そのお姉さんは私に似ていたって」

「似てる？」

「そう。早稲ちゃんも言ってた」

「お姉さんがもう死んでいるのは知っていたけど、花さんに似ているのか」

でも、それは今回のことにはまったく関係ないと思いますけど。

「それ、少し違うな」

康一さんです。

「何が違うんだ」

「俺もその話は前に聞いたよ。や、正確には良美がさ、新田のババさまから話を聞いたんだけどさ」

「新田のおばあちゃん」

「そう、新田のババさまはあそこんちの親戚だよ。富田さんのいとことかなんとか。ババさま、良美のことをえらく気に入ってさ。随分良くしてくれるんだけどさ。で、圭吾のアネキが死んだのは病死じゃなくて、東京に出て行って何だか男と不倫して騙されて、それで自殺したって話だぜ」

「自殺?!」

それは。

「知ってる奴は少ないかもしれないけど、それこそ警察から電話が来たんだって。それで圭吾が一人で東京まで行って、骨になっちまった姉さんを抱えて帰って来たってな」

坂巻くんのお姉さんが、自殺。

周平さんの溜息が聞こえました。

「病死ってことにしたんだろうな」

「そうね。子供たちはそんな話しなかったし、きっと早稲ちゃんも何も知らないのかもしれない」

知っていたら、私に似ているなんて話をあんなふうには言えないはず。

「お姉さんの、東京での死、か」

周平さんが腕組みします。

「それにひょっとしたら繋がっているのかな」

今回の、身元不明のご遺体が。

「康一、嫌な役目を頼んじゃったけど」

「気にすんな」

康一さんがニヤリと笑います。

「俺を助けてくれたみたいに、圭吾も助けたいんだろう？　車のことはもちろん、何もかも墓場まで持っていく秘密にするさ。誰にも言わないよ」

「助かる。ついでに、坂巻くんを呼び出してもらえるか。僕がここに呼び出すと皆に変に誤解されるかもしれないから」

「オッケー。どこに呼ぶかな。俺ん家にするか？」

康一さんが柱時計を見ます。

「ちょうど晩飯も終わる頃だろ。若いもん同士でたまには飲まないかって誘いに行ってくるぜ」

「頼む。頃合いを見て、家に行くよ」

「わかった」

「良美さんにもよろしく言っておいて」

承知、と、拳を軽く握って、康一さんは出て行きました。

小一時間もした頃に康一さんの家に、周平さんと二人で出向きました。ここに来た春頃には本当に荒れ果てていた佐久間家も、すっかり見違えるようにきれいになっています。中から明りが漏れて、賑やかな笑い声も聞こえてきました。

　康一さんがうまく誘って、良美さんと三人で楽しくお酒を飲んでいるんでしょう。

「こんばんはー」

　私が声を掛けて、玄関を開いて中に入っていきます。

「おう！」

　土間の横にある居間から康一さんが顔を出します。

「お疲れさん。待ってたぜ」

「お邪魔します」

　この家には囲炉裏（いろり）がまだ残っていて、炭が熾（おこ）っています。もちろんストーブもありますけど、まだこの時期には囲炉裏の熱で充分かもしれません。その炭は民蔵（たみぞう）さんが作っているものでしょう。

「お疲れ様だったね」

　囲炉裏端でグラスを持って、にこにことお酒を飲んでいる坂巻くんが、周平さんに言われて軽く手を振りました。

　どうやら、まだ何も聞いていないようですね。周平さんが、坂巻くんの向かい側に座りました。良美さんが周平さんにウィスキーの水割りを作ってくれて、そのまま台所の方へ向かいました。私は周平さんの隣に座ります。

「どうもお疲れ様」

軽く乾杯をします。

「坂巻くん」

「はい」

「酔う前に、ちょっと話をしたいんだ」

坂巻くんが、少し眼を大きくさせて周平さんを見ます。それから、眼をしばたたかせ、ゆっくりと息を吐きました。グラスの中のウィスキーを一口飲みました。

「何となく、そうかなって思ってました」

「そうなんだ」

「佐久間さんが家で飲もうなんて誘ってきたの初めてだし。蓑島さんも花さんも来るってさっき聞いたときに」

きっと坂巻くんは仕事もできる勘の良い子だと思うんです。だからなんでしょう。周平さんもゆっくりと頷きました。

「じゃあ、単刀直入に訊くよ。君は、あの身元不明者が誰なのかを知っているね？」

「はい」

はっきりと、坂巻くんは言って頷きました。

「名前は？」

「金田芳郎（かねだよしろう）です」

金田芳郎さん。

「東京の人かな？」

「そうです」

周平さんが、小さく頷きました。

「君と金田さんの関係は？」

坂巻くんは、少し下唇を噛むようにして、それから口を開きました。

「あいつは、姉ちゃんを自殺に追いやった男なんです」

じっと聞いていた康一さんが、眼を細めました。周平さんも唇を歪めます。

「どこでそれを知ったんだ？」

「東京で姉ちゃんが住んでた部屋に写真がありました」

「写真？」

坂巻くんが、後ろに手をやってジーパンのポケットから財布を取り出しました。

そこから、何かを引き出します。

引き出したものは写真でした。

囲炉裏ですから、鉄瓶があって正面からは渡せません。それを、横にいる私に回してきたので、そのまま周平さんに渡しました。

康一さんも腰をずらして、覗き込みます。

そこには、恰幅のいい男性が写っていました。どこか外で、河原のようなところで写した写真です。ひょっとしたら、これもどこかに釣りに行ったときの写真なんでしょうか。

「確かに、あのご遺体の男だな」

康一さんが言います。そしてその写真には、一緒に女性も写っていました。

「これが、お姉さんかい？」

周平さんが訊くと、坂巻くんは頷きました。自分で言うのも何ですけど、確かに私に似ています。

「お姉さんは、自殺だったのかい？」

坂巻くんは、大きく息を吐きました。

「姉は、身元不明の死体になっていたんです」

「何だって？」

周平さんと康一さんが思わず声を上げました。私は、思わず上げそうになった声を、右手で口を押さえてました。

「アパートの大家さんから電話があったんです。新聞が溜まっていてたぶん二週間近くも姉は部屋に帰っていないって。驚きました。姉は、家出同然で東京に出て行って、どこに住んでいるかも僕は知らなかったんです」

「そうだったの？」

こくん、と、頷きます。

「でも、大家さんに緊急の連絡先は伝えてあったんです。それで電話が掛かってきて、慌てて僕が東京に行きました。姉の部屋を開けてもらうと、誰もいませんでした。大家さんの言う通り明らかにしばらくの間誰もいない部屋だってわかりました。それで、すぐに警察に行ったんです」

「それで、身元不明の死体があるとすぐにわかったのか？」

周平さんが訊くと、いいえ、と首を横に振りました。

「姉の写真と特徴とか書いて全部持っていきました。その日は何もわからなくて、届けだけ出して、僕は姉の部屋に泊まることにしたんです。そうしたら、次の日に警察から電話がありました。東京湾で見つかっていた身元不明の女性の死体が、姉の特徴と一致しているって。写真も撮ってあるからって」

静かに坂巻くんは言いましたけど、どんなに苦しかったでしょうか。思わず私は自分の胸を押さえてしまいました。

「遺体の写真は見たのか」

「見ました。間違いなく、姉でした」

「発見されてから何日目だったんだ」

「十日が経っていました」

「それじゃ、もう」

康一さんが言うと、坂巻くんは頷きます。

「火葬されて、骨になっていました。遺体に不審な点は何もなくて、おそらく飛び込んだであろう埠頭から揃えた女性の靴が見つかっていて、サイズも同じだったって。そこに女性が一人で立っていたっていう目撃証言もあって、入水自殺だったんだろうって警察は言ってました。身元を示すものが何もなくて、服とか靴からの遺留品からも何も辿れなくて届けも出ていなくて、そのまま無縁仏になっていたんです」

周平さんを見ると、小さく頷きました。そうなるだろう、ってことです。

「それに、部屋を探したら、遺書はなかったんですけど日記があったんです。そこに、死にたいみたいなことは書いてありました」

「この男に騙されたんじゃないのか？　こいつのせいでお姉さんは自殺したんだ

ろ？　そこは警察は何も言わなかったのか？」

　康一さんです。坂巻くんは、グラスを置いて、少し悔しそうに顔を歪めました。拳を、腿の上で握りしめました。

「名前は、日記に何度も書いてありました。金田芳郎さんって。一流会社の重役で、結婚してるそうだけど、奥さんと別れて一緒になってくれるって。私は金田さんの奥さんになれるって。でも、それだけだったんです。それだけなんです。日記にそう書いてあるからってだけでは、男の写真があるだけでは、事件性がない以上警察は何もできないって」

　周平さんも顔を歪めました。

「姉ちゃん、仕事は何をやっていたんだ」

　康一さんが静かに言います。

「わかりません。家を出てから何の連絡もなかったんです。大家さんの話では水商売だったんじゃないかって」

　康一さんが顔を顰めます。

「そんなもんだ警察なんか。蓑島さんには悪いけどよ。夜の商売の女が一人自殺したところで親身になってなんかくれねぇんだ」

「済まない。その通りだ」

周平さんが言って、少し悔しそうにします。

「東京では、毎日のようにいろんな事件が起きている。自殺と断定できたのなら、それ以上のことをしようとはしない。できない」

済まない、と、もう一度周平さんは繰り返して坂巻くんに言います。

坂巻くんは、いいえ、と小さく言います。

「僕は何もできなくて、ただ姉ちゃんの骨を持って帰ってきました。結局姉ちゃんは何をしに東京に出たんだって。ここにいるのを、こんな田舎の暮らしを嫌がって勝手に一人で出て行って、何を勝手に死んでるんだって怒ったんだけど、でもやっぱり悔しくて。でも、名前と顔しかわからない男を捜しようもなくて」

坂巻くんの眼が少し潤んでいます。

「それで、今朝、か」

周平さんが言うと、大きく頷きました。

「びっくりしました。朝の散歩をしていたんです。いつもの日課です。そうしたら河原に人が倒れているのを見つけて慌てて駆けつけたらもう死んでいて、でも顔を見たら、姉ちゃんの写真に写っていたあいつだってわかって」

私たちもこの写真を見て、一目で判断がつきました。坂巻くんの驚きは、想像できます。

「財布を探ってみたら免許証があって、名前が金田芳郎で、間違いなく姉の日記にあった人だってわかって。どうしてここに釣りに来たのかさっぱりわからないけど、こいつか！　って頭に来て。でも死んじまったら仏さんなんだからぶん殴れないし、蹴飛ばせもしない。頭の中がぐちゃぐちゃになって、ふっと、こいつも姉ちゃんと同じように身元不明の死体になったらどうなるんだろうって。姉ちゃんと同じように、そのまま誰にも知られないで焼かれて骨になるんじゃないかって考えて」

「それで、身元がわかるものは全部隠したのか」

　こくり、と、坂巻くんが頷きます。

「車もあったから、それを参月沼に沈めたのか」

「そうです」

　ふぅ、と、坂巻くんは大きく息を吐きます。そして、背筋を伸ばしました。置いたグラスを持って、ぐいっと一気に呷（あお）りました。

「とんでもないことしたっていうのは、わかってます。どこかで蓑島さんにはわかっちゃうかもとも、思ってました」

　すみませんでした、と、頭を下げます。

「自分でもわかんないけど、すっきりしたんです。車を沈めたときに、あぁこれで俺は姉ちゃんが勝手に死んだことにケリをつけられるかなって。だから、逮捕されても、いいです」

まっすぐに、周平さんを見つめました。言葉の通り、何も迷いはないように思えます。周平さんは坂巻くんを見つめた後に、頭を掻きました。

「困ったなぁ」

のんびりと言います。皆が、うん？　と、周平さんを見てしまいました。

「何が困ったんだ」

康一さんです。

「車をさ、あの沼から引っ張り上げるのはどう考えても無理なんだよ。あそこは相当深いだろう？　引っ張り上げる重機を積んだトラックなんかあの場所にはどうやっても入れない。入れるためにはそれこそ山を切り拓かなきゃならない」

少し考えて、康一さんも頷きました。

「確かに、無理だな」

「無理だろう？　ましてやあそこは濁りがひどくてダイバーが潜ったって何も見えやしない。そもそもダイバーが潜ること自体が危険な沼だって話だ。ってことは、車を沈めたっていう坂巻くんの証言を裏付けるものを手に入れる手段は何もないんだよ」

周平さんの言葉に、康一さんがニヤリと笑いました。

「確かにそうだな。ってことは、今、圭吾が言ったことは酔っ払いの戯言ってことになっちまうか」

「え」

坂巻くんが、思わず身体を動かして驚きます。

「いや、でも」

「まだ、間に合う」

周平さんが腕時計を見ました。

「まだ金田さんは火葬されていない、今から身元が判明したって僕が電話したら間に合うだろう。それでご遺族が引き取りに来てくれる。どうやって身元が判明したかは」

少し首を傾けて、坂巻くんを見ました。

「君のことだ。免許証や何かは捨てないで保管してあるんじゃないか？」

坂巻くんは、頷きました。

「あります。僕の部屋に隠してあります」

「じゃあ、それがどこぞの草むらから発見されたことにしよう。どうしてそんなところからってのは、この辺には悪戯者の狸やら狐やらなんやらが多いからってことにすればいい。車は」

　一度言葉を切ります。

「まぁそれこそ行方不明ってことにしよう。警察側からの見方をするのなら、通りすがりの人間による車両盗難事件として処理されるだろうけど、盗まれたと判断する証拠もないから捜査もできない。するとしても僕が村中回って皆から知らないって話を聞いたことにしてそれで終了だ。見つかるはずもない。見つからないものはどうしようもない」

「でも」

　困ったように言う坂巻くんを、周平さんは軽く手を上げて、止めました。

「君は、自分がしたことをわかっている。僕は、どうしてそんなことをしてしまったのかを理解できた。それでいいと思う」

「俺もそう思うぜ」

　康一さんが、笑みを浮かべながら言います。

「気にすることなんかねえ。お前が姉貴を失ったことに比べたら、車の一台や二台だ」

　私は、ふぅと息を吐いて、頷くしかありません。小さいけれども、罪は罪だと思います。でも、これから続く若い坂巻くんの人生を考えると、それでいいような気もします。

「坂巻くん」

「はい」

「君はお姉さんの供養をしたんだ。それがこれで終わったということにしよう。そう思おう」

周平さんが微笑みながら言って、大きく頷きました。坂巻くんは、はい、と、頭を下げました。

「とはいえ、やったことはやったことだ。君がそれを反省して、正しく生きていくかどうかを僕は見ているからね」

その坂巻くんの肩を、康一さんがポン！　と叩きました。

「大したことねえって、俺なんか強盗で指名手配されたんだぜ」

「えっ⁈」

坂巻くんがびっくりして顔を上げました。

「あ、言っちまった」

「お前は、どうして言うかね」

周平さんが言って、私も思わず笑ってしまいました。坂巻くんは笑っていいものやらどうしたものやら、きょろきょろ私たちの顔を見ています。

「まぁ飲め！　ガンガン飲め！　そろそろ早稲ちゃんと付き合ってるって白状してもらうぜ。あ、蓑島の旦那はその一杯で終わりな」

「何だよ旦那って」

良美さんも、向こうから出てきました。私と眼が合って、ほっとしたように微笑み、康一さんの隣に座ります。

「じゃー、私も一杯だけ貰おうかな。良美さんも飲もう」

「おっ、いいですね。圭吾、早稲ちゃん呼ぶか？」

「あぁじゃあ本部に電話した後、神社に電話するよ」

周平さんが立ち上がります。

「いや、ちょっと待ってください」

慌てる坂巻くんに、皆が笑いました。

明日は月曜日。

またいつもの、でも、新しい一週間が始まります。

〈またひとつ、周平さんが日報には書かない出来事になってしまいました。管轄区域内で遺体が発見されたとはもちろん書くでしょうけど、それ以上のことは何も報告しないはずです。

　私もです。身元不明の遺体発見というこの雉子宮始まって以来の大きな出来事の中に、誰にも知られない小さな細波（さざなみ）が立ちましたけど、自分の過（あやま）ちを認められるんですからきっと大丈夫です。

　悲しさも辛さも何もかも、乗り越えられます。そう信じていますし、私たちもできるだけのことはしてあげるつもりです。〉

月の雫

大倉崇裕

一

鬱蒼と茂る木々の葉が、月の光を隠してしまった。曲がりくねった山道は、夜の闇に閉ざされる。谷元吉郎（たにもとよしお）は、ハンドルを握る手に力をこめた。白い手袋をした両手が、わずかに汗ばんでいる。

「谷元君、本当に大丈夫なんだろうね」

助手席に座る佐藤一成（かずなり）が、不安げな面持ちで言った。

「毎日のように通っている道です。ヘッドライトなしでも行けますよ」

「これならＢＭＷの方がよかったんじゃないか」

「あの色は目立ちますから」

谷元はそう言って、さらにアクセルを踏みこんだ。

「おぅ」

佐藤は顔をひきつらせ、シートベルトを握りしめる。下腹の突き出た赤ら顔の五十男。酒造組合の副理事を務める「豪腕佐藤」も形無しだ。

深夜三時。対向車が来る気配はない。

「しかし谷元君、うちの工場までどうやって来たんだね？　山の上にある君の蔵から、歩くと三十分以上かかるだろう」

「スクーターを使いました。駅前の駐車場に駐めてあります。自宅までお送りしたら、私はそれで戻ります」

前もって用意していた答えだった。本当は自転車で山を下りたのだ。駐輪場も使っていない。もともと十日前に盗んだものだ。途中の河原に放置してある。

谷元は運転に注意を戻した。今までのところ、すべて予定通りに進んでいる。佐藤との待ち合わせには目撃者もいないはずだ。

「あと五分ほどで着きます」

それを聞いた佐藤が、ホッと安堵のため息を洩らした。

「あんたも用心深いな。何もヘッドライトをつけずに運転しなくても……」

「うちの蔵からは道がよく見えます。ライトをつけて近づくと、蔵人（くらびと）に悟られます」

「そこまでして、見る価値のあるものなのか？」

「うちの醸造は特殊ですからね。説明するより見てもらった方が早いでしょう」

「谷元酒造の蔵だ。拝むのを楽しみにしてはいたが、まさか夜中に忍びこむことになろうとはな」

「佐藤酒造との合併は、私以外、誰も知りません。今は杜氏（とうじ）、蔵人にとって一番大事な時です。すべてを話すのは、今年の造りが終わってから。あなたも納得されたはずです」

「判っとる、判っとる」

佐藤の表情に余裕が出てきた。もうすぐ谷元酒造が我が手に落ちるのだ。笑みの一つも出るだろう。

苦々しい気持ちで、谷元はハンドルを切る。佐藤はポケットから名刺をだし、ひらひらと振ってみせた。

「鍋谷（なべたに）五郎が、挨拶に来た」

鍋谷といえば、全国に多数の店舗を持つ「リカーショップ　ウェアハウス」の社長である。

そんな大物が佐藤のところに？　佐藤酒造が造っているのは、機械醸造による粗悪なものばかり。鍋谷が興味を持つようなものは、何一つないはずだが。

佐藤は名刺をくしゃりと握り潰す。

「うちの新製品『誉れ（ほまれ）』を飲ませてやったのに、礼の一つも言わなかった。生意気な男だ。たしかに今ははぶりがいい。だがいつまでもつかな」

谷元は返事をしなかった。「誉れ」は、新潟の杜氏を強引に引き抜いて造らせた吟醸酒である。ブルー瓶で九百ミリリットル、千円。来週から大手コンビニで先行販売が始まる予定だ。

佐藤は自信満々であるが、業界の評価は芳しくない。いくら腕のいい杜氏を引き抜いたところで、環境が調わねば良い酒はできない。まして、佐藤のように、酒の何たるかも理解していない社長の許では……。

谷元の心中も知らず、佐藤は得々と話し続ける。

「谷元酒造との合併を聞いたら、どんな顔をするかな。谷元の『月の雫』を仕入れるためには、ワシに頭を下げねばならん。そのときが楽しみだ」

蔵はもう目の前であった。木造平屋の建物が、黒々とそびえている。その向こうには、蔵人たちの宿舎。倉庫、社屋は陰になっていて見えない。

昨日までの雨で、駐車場の周囲はぬかるんでいる。足跡を残さぬためには、石畳の上を歩かせるしかない。谷元はさらに車を進め、営業車の奥にあった、わずかなスペースに車体をねじこんだ。石畳に乗り上げるようにして駐める。

「やれやれ、無事に到着か」

「あ、社長」

外に出ようとする佐藤を呼び止めた。

「ちょっとだけ、試してみますか」

谷元は、足許に置いた紙袋から蓋つきのビーカーを取りだす。

「月の雫です」

佐藤は目を輝かせ、ビーカーを手にする。蓋を開け、一口で飲み干した。

「うまいな」

それだけ言うと、ビーカーを谷元にさしだした。手袋をした手で受け取り、慎重に袋に戻す。

「では行きましょう」

手袋を外しハンドルにかけると、紙袋を手に素早く車を出た。空気は冷えきっているが、例年ほどではない。

「今年は記録的な暖冬だそうだ」

車を降りた佐藤が、低い声で言った。

「そのせいで、公園の梅がもう咲いたらしい。テレビ局が取材に来ていたよ」

「その梅なら、さきほど見ました。こう暖かくては酒造りにも影響が出ます。うちの杜氏なんか、毎日テレビの天気予報を睨んでますよ」

「自然に頼りきった造りをしているから、いらぬ苦労をする。うちのように温度管理を徹底すれば、暖冬も怖くないぞ」

「鍵はかかっていません。どうぞ」

蔵の戸の前で谷元は脇にどいた。佐藤は怪訝な表情を見せながらも、自ら横開きの戸を動かした。谷元は、そんな佐藤の背をそっと押すようにして中へ入る。

一歩足を踏み入れたとたん、もろみの香りに包まれた。ふつふつと沸き立つ泡の音が聞こえてきそうだ。

「真っ暗で何も見えん。電気をつけてくれ」

佐藤のだみ声が、神聖な空気を吹き飛ばしてしまった。

「蔵の明かりをつけたら、気づかれます」

谷元は懐中電灯をつけた。光の輪の中に、佐藤の背中がぼんやりと浮き上がる。

「今年の仕込みはどのくらいになる？」

「七百キロリットル……くらいですか」

「ふん。その程度では大した儲けにならんだろう」

「私は、良い酒を造りたいだけです」

谷元は光をステンレス製のタンクに向けた。十キロリットル容量のタンクがずらりと並んでいる。中に入っているのは醱酵中のもろみだ。

「このタンクももっと大きいものにしたらどうだ。ワシの工場では、九十キロのタンクを使っている。醱酵の管理もすべてコンピューターだ」

谷元は懐中電灯を向ける。タンクに沿って設置された足場が、かすかに見えた。

タンクは大人の背よりもはるかに高い。中のもろみを確認するためには、足場に上がらねばならないのだ。

谷元は、ゆっくりと木製の階段を上っていく。気を抜くと、懐中電灯を持つ手が震える。奥歯を噛みしめ、谷元は襲いくる恐怖と闘っていた。

しばらく足場を見上げていた佐藤であったが、やがて階段に足をかけた。

谷元は上りきったところで待つ。あえて背を向けたのは、顔を見たくないからだった。

「純米吟醸『月の雫』か。品評会での金賞もけっこうだが、もう少し生産性を上げてもらわんとな。ワシが社長になった暁には……」

「そうは、させません」

谷元のつぶやきは、耳に入らなかったようだ。階段をきしませながら、佐藤は谷元のすぐ背後に立った。

「それにしてもこの蔵……」

谷元は目をつぶり、肩から佐藤にぶつかっていった。佐藤は叫び声をあげることもなく、足場の柵を乗り越えた。ガンという鈍い音と同時に、激しい水音が響いた。醸造タンクの№1。水を張ったタンクに落ちたのだ。

谷元は手すりにもたれかかり、荒い息をついた。額から流れた汗が目に入る。袖で拭い、恐る恐る懐中電灯を下に向けた。光の輪の中にあるのは、水面に漂う佐藤だった。うつぶせになり、ゆらゆらと揺れている。落下するとき、タンクの縁で打ったのだろう、側頭部から血が流れだしていた。

谷元は深呼吸をすると、用意しておいた軍手をはめる。続いて、紙袋からビーカーと蓋を取りだし、タンクの中に投げ落とす。

一呼吸置いて、腕時計を照らした。午前三時三十分。予定通り。三十分後には、蔵人が見回りに来る。死体も発見されるだろう。それまでに、自室に戻らねば。歩きだそうとして、谷元は足を止めた。ゆっくりと振り返る。

闇の中にそびえるタンク。大粒の汗が、谷元の首筋を流れていった。

二

機動鑑識班の二岡友成（におかともなり）は、コートのポケットに手を突っこんだ。快晴にもかかわらず、太陽の光は木々に遮られ、ほとんど落ちてこない。ぬかるんだ地面に立ち、しんしんと這い上がってくる冷気に耐えるしかなかった。

谷元酒造の蔵の周りには数台の車が駐まり、鑑識課の連中が忙（せわ）しなく動き回っている。さきほどから、ぬかるみに残る足跡の採取が行われていた。

「ちょっとそこ、気をつけて」

「あら、ごめんなさい」

二岡は声のした方に目を向けた。黒いコートを着た小柄な女性が、新入りの鑑識課員に怒鳴りつけられていた。

「あんた、交通課？」

「いえ、そうじゃないのだけど」

鼻先にずれ落ちた眼鏡を押し上げ、女性は肩にかけた鞄の中を探っている。

二岡は苦笑して、二人に近づいた。

「おかしいわ。また忘れてきたのかしら」

「待ってましたよ、福家警部補」

「あら、二岡くん」

ぽかんと口を開けた鑑識課員を残したまま、二岡は福家を現場へと案内する。

福家は物珍しげに木造の蔵を見上げた。

「こんな蔵がまだあるんですねえ」

そう言って、二岡は大きなあくびをした。

「眠そうね」

「ゆうべ寝てないんです、前の事件の報告書を書いていて」

「私もよ。同期の送別会だったの」

福家はさっさと蔵に入っていく。

高い天井に、巨大なタンク。東西の壁には木製の開き戸があり、今は二つとも全開になっていた。

眼鏡が曇ったのか、福家はハンカチでレンズを拭いている。

「外に比べると暖かいのね」

遺体は、一番手前のタンクの前に、あお向けに寝かされていた。床には青いビニールシートが敷かれているが、周囲は水びたしだ。

「もういいかしら？」

福家は諒解をとると、遺体に近づいた。二岡はメモを持ち、後ろに控える。

「被害者は佐藤一成。五十一歳。佐藤酒造の社長です」

遺体の側頭部に目を近づける福家。靴やコートが濡れるのも気にしない。

「水を張ったタンクに落ちたって聞いたけど」

「はい。この一号タンクに」

「死因は溺死？」

「まだ詳しいことは判りません。ただ、おそらく間違いないでしょう」

「水はいっぱいに張ってあったの？」

「いえ。タンクの三分の二ほどでした。それでも深さ二メートルほどになりますが」

「側頭部に傷。落ちたときにできたものね」

「タンクの側面に痕跡がありました。あの足場から転落、タンクの縁に側頭部を強打し、気を失ったまま水中へ落ちたものと」

「死亡推定時刻は？」

「仮の所見ですが、午前三時から三時半の間」

「発見者は？」

「従業員です。ここでは蔵人といってるそうですが。午前四時の定時巡回で遺体を発見、すぐに通報しています」

「水が張ってあったのは、このタンクだけ？」

「ええ。ほかは、すべてもろみが入っています。そっちに落ちたら、タンクの中身はパアだったでしょう」

「どうしてこのタンクだけ水だったの？」

「水洩れの疑いがあるとかで、仕込みには使わなかったそうです。洩れている箇所を見つけるために、水を張っていたとか」

「ふうん」

　福家は立ち上がり、今度は遺体の足の方へ移動した。右足、左足と時間をかけて検分していく。その場で顔を上げると、出入口の方を見た。視線の先にあるのは、紺色のトヨタマジェスタだ。

「あれは、被害者の車？」

「はい」

「石畳の上に駐まってるわね。あれなら、ぬかるみを歩く必要はない。足跡を残さずに済むわ」

　額に手をやりながら、福家は再びしゃがみこんだ。

「蔵に鍵はかかっていたの？」

「いえ、戸は開いたままだったそうです」

「戸に指紋は？」

「被害者のものと思われるのが一つ」

「これ、写真に撮った？」

　指さしたのは、遺体近くに置かれたビーカーである。

「もちろんです。遺体と一緒にタンクの中にありました」

「蓋が開いてるわ。被害者のものかしら」

「この形のビーカーは蔵では使用していないそうです。被害者が持ちこんだものではないかと思います。かすかですが指紋が検出されていますので、現在照合中です」

「死亡したのが午前三時ごろ。仮にビーカーが被害者のものだったとして、そんな時刻に何をしに来たのかしら」

「目的は、あれですかね」

二岡はステンレスタンクを指さす。

だが、福家の視線は既に、別のところに向けられていた。

ビーカーから一メートルほど先に、開いた扇子が落ちていた。

「これも被害者のもの？」

「確認はとれていませんが、おそらく」

「この寒いのに扇子……？」

眉を寄せ、考えこむ福家。二岡はそっと壁際に寄る。どうやら、今回も長くなりそうだ。たちこめるもろみの香りに、頭がぼんやりしてきた。

いつの間にか、福家は蔵を出ていこうとしている。

「け、警部補、どちらへ？」

「車を見たいの」

外は明るさを増していた。時計は午前八時を回っている。厳しい寒さも、いくぶん緩んだようだ。

指紋採取が終わった車の周りには、誰もいない。福家は首を伸ばして運転席をのぞきこんでいる。

「二岡くん、あれは……？」

ハンドルの上に白い手袋が載っている。

「被害者のものだったようです。車を運転するときは、必ず手袋を着用していたそうで」

「車を大事にする人だったのね」

そう言いながらも、福家の目は車と蔵の出入口を往復している。

「警部補、何か？」

「戸に指紋が残っていたって言ったわね」

「はい」

「どうしてここで手袋をとったのかしら。したまま忍びこめばいいのに」

「さあ。気づかれなければ調べられることもない。そう思ったんじゃないですか？」

「蔵の隣にあるのが、蔵人の宿舎よね」

話が飛んだ。

「真夜中、ここに車が入ってきたら、誰か気づくんじゃないかしら。音とか、ヘッドライトの明かりとか」

「宿舎にいた全員に、話を聞きました。ですが、気づいた者はいないようです」

「被害者の所持品リストはできてる？」

「正式なものはまだです。一応、書き留めておきました」

二岡はメモをさしだした。

「さすがね」

メモを見つめる福家。一分ほど経った後、ふと顔を上げる。

「免許証がないわ」

「は？」

「財布、ハンカチ、タバコ、ライター、名刺……だいたいのものは揃ってる。でも免許証がない」

「車の中ですかね」

「調べてみてくれる？」

二岡は小さくため息をついた。仕事がどんどん増えていく。

「それと、この名刺というのは本人のもの？」

「いえ、シートの下に落ちていたんです。鍋谷五郎、間もなく確認がとれると思います」

「現物はある?」

二岡は近くにいた鑑識課員に合図をして、持ってこさせる。

証拠品袋に入った名刺を見て、福家は目を細めた。

「握り潰したみたいになっている。これが、シートの下に落ちてたのね。運転席側?」

「いえ、助手席側です」

福家の目が怪しく光った。

「遺体の発見者に会いたいわ」

「奥の社屋にいるはずです。板垣(いたがき)がついています」

「そう」

福家は、社屋の方に歩いていく。

やれやれ。二岡は肩の力を抜く。警部補は何かを摑んだようだ。この事件、単なる「事故」では終わらないかもしれない。さて、何から始めようか。

板垣は、事務所にある椅子にかけ、しょぼつく目をこすっていた。機動捜査隊に配属されて一年。これほどの激務だとは思ってもみなかった。

「板垣くん」

凛とした声が、殺風景な事務室に響き渡った。板垣は慌てて立ち上がる。戸口に福家が立っていた。

「遺体の発見者に会いに来たのだけど」

「はい、えっと、あちらにおられます」

事務室の奥に、六畳ほどの小部屋がある。木目調の扉。その向こうからは低いいびきが聞こえてきた。福家は扉の前に進んで、軽くノックする。

「すみません、ちょっとよろしいですか」

いびきが止まった。

福家が板垣にきく。

「お名前は何とおっしゃるのかしら」

「田村拓郎さんです」

「田村さん、警察の福家と申します」

「おう、入んな」

かすれた声がする。福家は扉を開け、すたすたと入っていった。

小部屋から洩れ出た空気が、板垣の許にまで漂ってきた。むっとする酒の臭い。

鼻と口を押さえ、福家に従う。板垣は酒が飲めない。奈良漬けの香りをかいだだけでも、気持ち悪くなってしまうほどだ。

田村は真っ赤な顔をして坐っていた。

「おお、麗しい女性のご登場ですな」

福家はゆっくりと板垣の方を向いた。

「これは、どういうことかしら？」

「臨場したときから、この有様だったのです。遺体発見のショックから、その……」

「お酒を飲んだのね」

「はい。そのようです」

田村は完全に酩酊状態だ。

「婦警さん、こう見えても私、無事故無違反、レッカーのお世話になったこともございません」

福家は田村の前にかがみこむ。

「田村さん、ちょっと、お話をおききしたいのですけれど」

「お話、いいですなぁ。あなたのような人とお話ができるなんざ、この田村、一生の幸せ」

福家は立ち上がり手を腰に当てると、小さくため息をついた。

「しばらくは無理みたいね」

「サウナにでもぶちこみますか」

「とりあえず、水を一杯持ってきてあげて」

肩をすくめ、部屋を出ようとした板垣の前に、男が立った。グレーの作業着を着て、黒縁の眼鏡をかけている。胸につけたプレートには「谷元」とあった。

三

社屋に足を踏み入れた瞬間、谷元は思わず目眩を覚えた。この酒臭さは何だ？

原因はすぐに判った。田村だ。

体の奥底から湧きあがる怒り。こんなときにヤツは、また酒に逃げているのか。

奥の部屋から若い男が飛びだしてきた。谷元の顔を見て、目を丸くしている。

「社長の谷元と申します。うちの田村がここに？」

男は顔をしかめ、小部屋の方を指さした。見れば、田村が酔い潰れ、眼鏡をかけた女性警察官に難癖をつけている。

谷元は慌てて部屋に入り、腰を折った。

「まことに申し訳ありません。すぐ連れだしますので」

「いえ、連れていかれては困ります」

答えたのは、女性警官だった。

「遺体発見時のお話をきこうと思っているのですけれど」

「まことにどうも……。ショックが強すぎたのでしょうな。ちょっと目を離した隙に、この有様で。あちらの部屋で休ませますので、少しお待ちいただけますか」

谷元は田村に向き直り、怒鳴りつけた。

「おまえはどうしていつもそうなんだ」

この酔い方は、ただ事ではない。おそらく、昨夜からちびちびやっていたに違いない。

「おい、田村！」

谷元の怒鳴り声に、田村は薄く目を開いた。

「こりゃ社長。あいすみません」

醜態に、怒りが増幅される。

「当番の者が酒を飲んでどうするんだ。ゆうべだって、蔵の木戸が全部閉まっていた。今年は暖冬だから、気温の変化を見て開けるように言っておいたじゃないか。

それを……」

谷元は田村の胸ぐらを掴みあげた。止めに入ったのは、さっきの女性警察官だった。

「落ち着いてください」

谷元はその手を払いのける。

「私が気づいて開けたからいいようなものの、下手をすれば、今年の酒が全部パアになるところだったんだぞ」

「社長、勘弁してください」

手を離すと、田村はその場にへたりこんだ。息をつき谷元が顔を上げると、女性警察官と目が合った。怒りが瞬間的に引いていった。

私は何をやっているのだ。こんなところで興奮していては……。

「お恥ずかしいところをお見せしました」

谷元は苦笑すると、咳払いを一つした。

「いえ」

彼女はそこを動こうともしない。谷元は首を傾げ、

「責任者の方と会えますかな。私でよろしければ、代わりにお答えしますが」

女性の眉がぴくりと動いた。

「谷元さんも現場にいらっしゃった？」

「田村の叫び声が聞こえましたんで、すぐに駆けつけました。警察を呼んだのも私です」

「そうですか。では、発見時の状況をお聞かせください」

「は？　ですがそれは、責任者の方に……」

「私、捜査責任者の福家と申します」

「あなたが、責任者？」

福家がうなずいたところへ、さきほどの男が戻ってきた。

「福家警部補、水を持ってきました」

警部補？　この女が。谷元は改めて福家を見る。

福家はコップを受け取り、

「田村さん、お水です」

「こりゃ、婦警さん、すみませんな」


「蔵で、こんなことが起きるなんて」

田村が連れだされた後の事務室。谷元は福家とさし向かいで坐っていた。

「田村の叫び声を聞いてから、五分と経っていなかったでしょう。蔵人は日が昇る前に働き始めます。私も四時には起き、身支度を調えますので」

「蔵に入った後は、何も触っていないのですね」

「むろんです。亡くなっていることは一目見て判りましたから、すぐに警察を呼びました。無惨な有様でした」

「なるほど」

福家はそう言うと、立ち上がった。

「間もなく現場検証も終わります。お酒の方は大丈夫でしょうか」

「さあ。私はあくまで経営者でして、酒造りのことは杜氏たちに任せていますので」

「昔ながらの手法を、守っておられるのですね」

「はい。この蔵は祖父、父から受け継いだものです。私の代で味を落とすわけにもいきません」

福家と並び、谷元は歩きだした。ゆっくりと蔵の方へ向かう。

「うちの蔵に冷暖房の設備はありません。今年は暖冬なので、皆苦労しています」

「そういう場合はどうされるのです?」

「風通しをよくしたり、タンクを氷で囲んだりします。事務員まで総出の作業になります」

　福家は空を見上げた。快晴。山を照らす日の光は、二月のものとは思えない。

「まったくおかしな天気です。町の公園ではもう梅が咲いていた。先が思いやられますよ」

「谷元さん、少しお時間をいただけますか」

　唐突な物言いに、谷元はとまどった。

「何点か確認したいことがあるのです。社長さんであれば、この蔵のことを誰よりご存じのはずです。すぐに済みますから」

　返事も待たず、福家はさっさと歩いていく。仕事は山積していたが、断るわけにもいかない。谷元は無言で後に続いた。

　福家が立ち止まったのは、マジェスタの前だった。

「この車は佐藤さんのものですよね」

「はい。酒造組合の会合などで、何度か見たことがあります」

「佐藤さんはなぜここに来たのでしょう。何か思い当たることがおありですか」

　谷元は一呼吸置き、用意していた答えを述べる。

「うちの醸造技術を、見に来たのだと思います」

　福家は、その答えを予想していたらしい。

「つまり、盗みに来たと？」

「醸造技術というのは、簡単に盗めるものなのですか？」

「ええまぁ」

「とんでもない。日本酒醸造の過程は、複雑かつデリケートなものです。酒米の蒸し方一つで味が変わります」

「タンクの中にビーカーが落ちていました」

「ビーカー？」

「タンクの中身を持ち去ろうとしたようです。持ち帰って分析しようとしたのかも」

「まさか、うちのもろみを……」

「何か心当たりが？」

「佐藤酒造の工場には、醸造技術を研究する部署があります。そこで分析しようとしたのかもしれません」

「佐藤酒造は、こちらとは大分、考え方の違う会社のようですね」

「はあ。年間の生産量は、うちなんぞとは比較になりません。温度管理のできる醸造施設で、一年を通じて酒を生産しています」

「では、経営状態も良好だった？」

「日本酒のメーカーで良好と言えるところは少ないでしょう。日本酒離れに歯止めがかかりません。好調なのは、地酒だけです。佐藤酒造も年々売上を減らしています」

「ですが、こちらは順調に売上を伸ばしていらっしゃる」

「はあ、おかげさまで。昨今の本物志向というのでしょうか。うちの酒を評価してくださる方が増えてきまして」

「評判の『月の雫』、その醸造方法を盗みだせないか。佐藤さんはそう考えてここに来た」

福家は谷元をじっと見た。

「気づいておられたのでしょう?」

谷元は頭を掻きながら、

「まぁ、ひょっとしたらと。ただ、故人を悪く言いたくはありません。佐藤さんが、こんな事故で亡くなるなんて……」

「事故でしょうか」

福家が車の中をのぞきこみながら言った。

「どういうことです?」

「佐藤さん、本当に事故で亡くなったのでしょうか」

心臓の鼓動が速くなった。いったい、何を根拠にそんなことを言いだすのか。

「佐藤さんは真夜中に、車でここに来た。そういうことになっていますが、宿舎にいた蔵人たちはなぜ気づかなかったのでしょう」

福家は蔵の横にある宿舎を指さす。

「道なりに来て、車は駐車場に入ります。そのときにヘッドライトが宿舎を照らすはずです。誰か気づきそうなものですが」

そんなことか。谷元は胸をなで下ろす。

「ヘッドライトを消していたのでしょう」

「私もそう考えました。ですが、そうするとこの駐車位置が判らない」

「といいますと?」

「佐藤さんはなぜこんな場所に駐めたのでしょう。蔵に忍びこむのが目的なら、駐車場の入口付近でもよかったのに」

「敷地内は舗装されていない。足跡が残るのを嫌ったのでしょう」

「なるほど。ここは石畳ですものね」

福家は踵でコンコンと地面を叩く。

「この場所は、駐車場の一番奥。駐車場には営業車が並んでいます。石畳の向こうはブロック塀。ここに車を駐めるのは、けっこう難しいと思うのですが」

「慣れれば、何てことはないですよ」

「佐藤さんは、しょっちゅう、ここにいらしてましたか」

「いいえ。何年か前に一度来ただけでしょう」

「そんな人が、営業車を避けながら、塀にこすることもなく、大きな車をここに入れられますか」

「佐藤さんは、ドライブが趣味のような人だった。運転技術だって……」

「けれど、あなた今おっしゃいましたよね。車はライトを消していた。暗闇で、ライトもつけず、この場所に駐車するのは、相当難しいですよ。それに、タイヤの痕を見てください。やり直したり、切り返したり、そうした形跡はありません。一度できっちり駐めています」

「あ……」

「相当慣れた人間でないと、難しいと思います。そこでおききしたいのですが、この駐車場をよく利用されるのは？」

「営業の人間なら、ほぼ毎日使います」

「営業の方は今どちらに？」

「新潟で開かれる品評会の準備で、全員そちらへ行っています」

「昨夜ここにいた人で、よく駐車場を使う人に心当たりはありますか？」

「ありますよ」

「どなたです？」

「私です」

谷元は顔を上げ、福家と目を合わせた。

四

工場を出ていくトラックを見送り、則武(のりたけ)太郎は大きく伸びをした。醸造工場の警備係を務めて三年。正面扉の脇に立ち、通常通りに稼働している工場を、複雑な思いで見上げた。

社長が死んだっていうのに……。

佐藤酒造の醸造工場は、地上四階建てだ。最上階で酒米の蒸し、三階で仕込み、二階で醗酵、圧搾までを行う。四階に入れた米が、一階に来た時点で酒になっているわけだ。タンクの酒は地下のパイプを通って瓶詰め工場に回され、そこで製品となる。全国からの注文に応えるため、工場はほぼ二十四時間、休みなく動いている。

「これからどうなっちまうんだろうな」

ため息まじりに、独りつぶやく。社長の急死、それも聞いたところによれば、変死らしい。営業や総務の人間は、事後処理に走り回っている。この工場が止まるようなことになれば、当然、則武もクビである。

吹きつける風に肩をすぼめつつ、駐車場を見た則武は、奇妙な人影に気がついた。

コートを着た女性が、腕組みをして立っている。視線の先にあるのは、シャンパンシルバーのＢＭＷだ。

則武は女性に近づいていった。

「何してるんだね、あんた」

女性は、きょとんとした顔を則武に向け、

「この車、佐藤社長のものですよね」

則武の不審の念はますます膨らんだ。こんなときにいったい何なのだ？　マスコミの人間にも見えないし。

「失礼だが、あなたは？」

女性はコートのポケットから警察バッジをだした。

「警察の福家と申します。佐藤社長の事件を担当しております」

警備員をやっているのだ、警察バッジの真偽くらいは判る。どうやら本物の刑事らしい。

「で、警察の人がこんなところで何を？」

「佐藤社長の車を調べたいのです。許可はもらってあります」

そういう次第であれば、いよいよ則武の出番はない。どうぞ、と手で示し一歩下がった。

「すみません」

福家はぺこりと頭を下げると、手袋をはめた。さらにポケットからビニール袋に入った鍵を取りだす。車の運転席のドアをそれで開けた。

「じゃあ、私はこれで」

その場を離れようとした則武に、福家が声をかけてきた。

「社長は、ドライブが趣味だったのですね」

車内に頭を突っこみ、何やらごそごそやっている。無視するわけにもいかず、則武は向き直って、

「ええ、唯一の趣味だったようです」

「社長は几帳面な方でした？」

「どちらかというと、大雑把でした」

「車の運転についても？」

「スピード違反などで、よく切符を切られていましたよ。もっとも最近は気をつけていたようです。あと一回で免停だとかで」

「なるほど」

福家が立ち上がり、ドアを閉めた。

「もういいんですか？」

「はい、捜し物は見つかりました」

手袋をした右手には、社長の免許証があった。

「車のグラブコンパートメントにありました」

それを聞いて、則武は眉を寄せた。

「そりゃ変だ」

「私もそう思います。現場には、社長のマジェスタが駐まっていました。佐藤氏は免許証を持たず運転をされたことになりますね。免停寸前だというのに」

「あと一週間で免許の更新でしたからね。ここ数日は特に気をつけてた」

「昨日、車はどこに駐まっていました？」

「ここにありましたよ。二台並んで」

「マジェスタが出ていくところを見ました？」

「いいえ。私の勤務は午後八時までですから。あとは警備会社任せです」

「では、警備会社に問い合わせれば……」

「どうですかねぇ。夜間、この検問所は無人になります」

則武は北側に続く塀を指さした。

「あそこにドアがあるでしょう。社長専用の出入口なんです。そこを通れば、車の移動は自由にできます。もっとも、鍵を持っているのは社長だけですがね」

「逆に言えば、社長のキーさえあれば、誰でも車を動かせた」

「まあそういうことですね。でも、社長が他人にキーを貸すなんて、ちょっと考えられないな。車を大事にしてましたからねぇ。よほどのことがない限り……」

福家が微笑んだ。

「よほどのことがあったのですよ。多分」

五

田村拓郎はコップの水を飲み干し、何とか意識をはっきりさせようとした。だが、効果はまるでなく、胃の奥から突き上げてくる吐き気が増しただけであった。倉庫の端に置かれた四斗樽に腰かけ、深呼吸をする。

酒は強い方だ。一升や二升で潰れたことなどない。だが、今朝方見た「あれ」はよくなかった。タンクに浮かんだ佐藤の死体。あれを忘れるためだったら、何でもする。

経験したことのない頭痛に耐えながら、田村は薄く目を閉じた。

「田村さん」

女性の声がしたのは、うとうとしかけたときだった。目を開けると、縁なしの眼鏡をかけた、ショートヘアの女性が立っている。見覚えのある顔だが、名前は思いだせない。新しく入った事務員だったか……？

「ちょっと気分が悪いんだ。休ませてくれ」

そう言って目を閉じようとしたが、女性は動く気配がない。

「あと十分ほどしたら行くから。社長には適当に言っておいてくれよ」

「谷元社長なら蔵の中です。タンクを冷やすんだって、皆さんで氷を運んでいます」

田村は再び目を開いた。

「あんた、誰？」

「警察の捜査を担当しています、福家です」

「捜査の担当者？　あんたが？」

「はい」

「駐禁の罰金でも取りに来たのかと思ったよ」

立ち上がろうとするが、鉛のようになった体は言うことを聞かない。

「遺体発見時の状況を伺おうと思いまして」

「勘弁してくれよ。あのときのことは思いだしたくもないんだ」

「お察しします。ですが、これも仕事なもので」

女性に何度も頭を下げられては、答えないわけにもいかない。田村は吐き気を無理矢理抑えこみ、

「午前二時と午前四時に、蔵を見て回ることになっている。タンクに異状があれば、全員を叩き起こすんだ」

「遺体を発見したのは、四時の見回りですね」

「ああ」

田村は額を手で押さえる。

「足場に上がったら、一番手前のタンクに黒いものが浮いていてさ。近づいたら……」

自然と手足が震えだした。

「そのときの様子を、詳しく話していただきたいのですが」

「詳しくも何も、蔵に入って死体を見た。慌てて頭と社長に知らせようと……」

壁際に転がる空の一升瓶。今朝、田村が飲み干したものだ。

「俺、あんたとどこかで会った気がするんだ。覚えはないかい？」

福家はにこりとして、

「最初にお会いしたときは、大変にご機嫌でした。今にも踊りだしそうな勢いで」

「なんてこった……」

顔が熱くなった。だが福家は、淡々と質問を続けていった。

「二時に見回りをされたとき、何か気づいたことはありませんでしたか？」

「気づいたって？」

「漠然とした印象で構わないのです。いつもと違っていることや、何となく変だと思ったこと」

「さぁ、いつもと同じだったからなぁ」

「二時や四時なら、蔵の中も真っ暗ですね。見回りはどういう手順で？」

「蔵の中は電気がつく。スイッチの場所を懐中電灯で探し、点灯させる」

「誰かが蔵の中に隠れていたとか、そういうことは……」

「あんた面白いこと考えるなぁ。誰かいたら、すぐに判るよ」

「すみません。念のため、二時と四時の見回り、両方の詳細を聞かせていただけますか？　私の上司は細かい人なもので」

「ふん、別にいいけどさ。バカな上司を持つと、お互い苦労するよな。まず二時だけど、昨夜は五分ほど寝坊した。宿舎から蔵の間の廊下には電気が終夜つけてある。そこを全力で走って、蔵に着いたのは二時五分だった。扉を開けると中は真っ暗だ。懐中電灯で、奥の壁にあるスイッチを探してつけた。手前のタンクから順番に確認。三十分かけて見回って、異状はなかったから、すぐに部屋に戻ったよ」

「四時のときは？」

「十分前に起きたから、三分ほど早めに着いた。戸を開けて電気をつけて、いつもの手順通り、手前のタンクから……。もういいだろ」

「扉を開けて電気がつくまでの間に、誰かが蔵から出ていったようなことは」

「戸を開けてスイッチを入れるまで、三秒あるかなしだよ。そんな暇あるわけないさ。刑事さん、何だか妙にこだわるね。佐藤社長は事故で死んだんだろ」

　福家はいつの間に取りだしたのか、表紙のすりきれた手帳を持っている。

「何点か気になるところがあるのです。例えば扇子」

「扇子？」

「蔵の床に落ちていました。佐藤社長の持ち物だそうです。真冬なのに、どうして……」

「佐藤社長の扇子は有名だよ。誰でも知ってる。トレードマークってやつかな。組合の会議に出たときなんか、暑くもないのにパタパタやってるって、誰かが言ってた」

「トレードマークだとしても、佐藤社長は蔵に忍びこんだのです。扇子で煽いでいる場合ではないと思いますが」

「そんなこと、俺が知るかよ」

「佐藤社長は、よくこちらに見えたのですか？」

福家はまだ帰る様子を見せない。田村はあくびを嚙み殺した。

「来るわけないだろう。うちと佐藤はライバルなんだから」

「そうなのですか」

「死んだ佐藤も、うちの社長も三代目さ。創業はほぼ同じころ。先代のときは生産量もおっつかっつで、お互い相当意識していたらしい。まぁ、昔の話さ。代が替わって、経営方針が分かれたからね」

「佐藤酒造は大量生産に、谷元酒造は品質にこだわった」

「金と夢、どっちを取るかって問題さ」

「ロマンですね」

田村は思わず吹きだした。

「刑事さんにしては、変わってるな」

「そうですか？」

「せっかくだから、ロマンのかけらもない話を聞かせてやるよ。佐藤酒造は、うちを潰す気だったんだぜ」

福家は素早く、手帳にペンを走らせた。

「それはなぜ？」

「さあな。理由は判らないけど、地元の酒販店なんかにいろいろと圧力をかけてた。表立って名前はださないが、佐藤の仕業だってことは、みんな判ってたな」

「圧力というと？」

「そこからは自分で調べなよ。町なかにある熊本酒店にでも行くんだな。先月からうちの吟醸や生酒を置かなくなった」

福家は手帳を閉じると、白い歯を見せた。

「貴重な情報をありがとうございます」

「あんたの前で醜態をさらしたそうだし、そのお詫びだよ」

「お酒はほどほどにされた方が」

「判ってはいるんだけどな」

田村は樽から腰を上げ、伸びをした。

「ここで造ってる酒は本物だ。誇らしい気持ちもあるんだが、あの社長とはどうにもそりが合わねえ。頑固っていうか融通が利かないっていうか。さっきも見習いを一人、辞めさせちまいやがった。一番忙しいときだっていうのに」

「厳格な方なのですね」

「酒に関してはな。刑事さん、俺がどうしてこんなところで一服してるか判るかい？　ここはな、蔵からも社屋からも死角になってるんだ」

　倉庫は社屋の裏にあり、こちら向きの窓はない。さらに、蔵との間には生け垣があり、出入口からシャットアウトしてくれる。

「木箱の陰に隠れれば、どっからも見えない。社長の目を気にせず息抜きできる、数少ない場所ってわけさ。みんな、入れ替わり立ち替わりここに来る」

　話を聞いているのかいないのか、福家は積み上げてある木箱の周りをうろうろしている。

「ここはいつも念入りに掃除をなさっているのでしょうか」

「掃除？　ああ、当然だ。一服ついでにスナック菓子を食ったりしてるからな。食べカスが社長に見つかったら、大ごとだ」

「それなら、気をつけるように言っておいた方がいいですね」

　福家が木箱の後ろから拾い上げたのは、アルミ製の銀色のキャップ。酒瓶の栓に使われるものだ。

「そんなもん、蔵にはいくらでも……」

「社名が入ってます。『佐藤酒造』」

「何だって？　そりゃあ、まずいな」

田村は慌てて、キャップを受け取った。

「昨日掃除したときには、落ちてなかったんだけどなぁ。誰が落としたのか知らんが、よく言っておかないと。それにしても、佐藤の酒をわざわざ飲まなくてもなぁ」

手にしたキャップを今一度、見る。

「佐藤の商品にこんなキャップあったかな。初めて見る色だ。ま、とにかく社長に見つからなくてよかったよ」

キャップをポケットに入れ、田村は生け垣の方を見た。

「さて、酒も抜けたことだし、ぼちぼち行くか。ところで刑事さん、この件が片づいたら、どこかで一杯やらないか」

返事はない。

「なあ、刑事さん」

振り向いたとき、福家の姿はもうどこにもなかった。

六

ファックスで届いた注文票を見て、熊本敏は肩を落とした。また減っている。記録的暖冬の影響もあって、業務店の数字がとにかく悪い。日本酒の売上など、昨年の七割ほどだ。売れたのは、仕入れを打ち切っている「月の雫」などの純米吟醸ばかり。ケースのまま積んである佐藤酒造の商品を見て、熊本は顔をしかめる。

「罰が当たったかな」

　コートを着た女性が店に入ってきたのは、そうつぶやいたときだった。

「いらっしゃい」

　熊本の店は業務用がほとんどで、店売りはわずかである。見ず知らずの女性が一人で入ってくるのは珍しい。

「何かお探しで？」

「熊本敏さんですか？」

　熊本は営業用の笑みをひっこめて身構えた。また英会話やパソコンの教材を売りこみに来たのだろう。

「主人は俺だけど、財布の紐を握ってるのはかみさんだ。俺に何を言ったって無駄だぜ」

「いえ、セールスではありません。ちょっとお話を伺いたくて」

女はいきなり警察バッジをだした。熊本は眼鏡をかけ、しげしげと見る。

「あんた、警察の人？」

「はい。捜査一課の福家と申します」

「てっきりセールスだと思ったよ」

福家は穏やかに微笑みながらバッジをしまった。

「佐藤さんの件で来たんだろう。あそこも大変だなぁ。いや、詳しいことは知らないんだけど、何だか妙な死に方をしたらしいな」

それとなく情報を得ようとしたのだが、相手はきょとんとした顔で見返してくるだけ。熊本はもう一押しした。

「事故だったの？　それとも何か……」

「それについてはまだ捜査中ですので」

女刑事は、熊本の問いを一蹴した。

「おききしたいのは、佐藤酒造と谷元酒造の関係についてです」

「おっ、すると谷元の旦那がこの件にからんでいるってこと？」

「いえ、そういうわけでは。まだ捜査中なので」

　熊本は、大人しく答えることにした。

「谷元の旦那はいい人さ。造る酒もいい」

「皆さん、そうおっしゃいます」

「だろう。ま、それに比べると佐藤社長は、人間的に今一つなんだ。たしかに商売はうまいよ。だけど……」

　福家の視線が、積み上げられた佐藤酒造のカートンに向けられている。

「そりゃあ、こっちも商売だから、佐藤酒造の商品も仕入れるさ」

「こちらではもともと、谷元酒造の商品を中心にしていらした。それが今では、佐藤酒造の商品ばかりになっている。こういうことは、よくあるのですか？」

　この刑事、いったいどこまで知ってるんだろう。熊本は相手の顔をまじまじと見る。だが、そこからは何も読み取れない。客商売三十年の熊本にも、福家のポーカーフェイスを崩すことはできなかった。

「判ったよ、いずれバレることだから言っちまうけどさ、佐藤酒造が声をかけてきたんだよ。うちの酒に替えてくれたら、特別に三対一にしてもいいって」

「三対一？」

「値引きのことさ。通常は六本に一本の割合、つまり六対一でオマケがつくんだけど、それを特別に三対一でやるって言うんだ。一三〇〇円の商品が九七五円になる」

「それを佐藤酒造の方から持ちかけてきた？」

「ああ。問屋にも話は通ってるらしい。つまり何だ、早い話が谷元潰しだよ。そんな値段をだされたら、みんな佐藤酒造に鞍替えする。業務店への納入価格は厳しいんだ、ちょっとでも安い酒があったら乗り替えられちまう。そりゃあうちも、谷元さんとは長いつきあいだよ。でもこの厳しいご時世にさ、そんだけ値引きするって言われれば……判るだろう」

「つまり……」

「値段に釣られて、谷元酒造を切ったってこと」

「そんな値段で売ったら、佐藤酒造の儲けはほとんどないはずです。どうしてそんなことをするのでしょう」

「さあね。谷元酒造の経営が苦しいらしいのは、誰でも知ってることだからなぁ。この機会にライバルを潰して、市場を広げようとしたんじゃないのかな」

「なるほど、よく判りました」

福家はぺこりと頭を下げる。顔を上げた福家の目線が、レジ横にある戸棚で留まる。

「珍しい瓶ですね」

戸棚の上に、ブルーの瓶が載っている。熊本は苦々しい気分で言った。

「佐藤酒造の新製品だよ。見た目は綺麗だけど、評判はよくなくてね。ただ、義理があるから、多少は引き受けなくちゃならない。頭痛いよ」

「『誉れ』というのですか。ちょっと見せていただけません？」

瓶を受け取った福家はキャップの部分をしげしげと見ていた。銀の地に赤文字で佐藤酒造とある。ブルーの瓶にシルバーのキャップ。どちらも佐藤の従来商品にはなかったセンスだ。

「一般発売は少し先だがね。三日ほど前にサンプルを置いてった」

福家は「誉れ」を返すと、

「お手間をかけたお詫びです。あれをいただいていきます」

佐藤酒造の大吟醸「幻」の一升瓶を指さした。熊本は首を左右に振り、

「やめときな。買うなら、こっちがいい」

レジ台の下から「月の雫」をだした。

「値段は張るけどさ、こっちの方がいい」

福家は目をぱちくりさせている。

熊本は、山積みになった佐藤酒造のカートンを顎でしゃくり、

「売れ残りさ。安さに釣られて買ったけど、全然ダメ。得意先からも文句を言われちまったよ。酒が替わったとたんに、ますます売れなくなったとさ。あきらめて谷元酒造に戻したいんだけど、今さら顔をだしにくくてね」

「気にすることはないと思いますけど」

「え？」

「商売って、そういうものじゃありません？」

金を払った福家は、一升瓶を抱えて店を出ていく。

再び一人になった熊本は、腕組みをしてレジの脇に立っていた。どれくらいの時間、そうしていただろうか。

「よしっ」

気合いを入れると、受話器を取った。

「谷元酒造さん？　こちら三丁目の熊本酒店だけどね……」

七

夕闇が迫るころ、気温がぐんと低くなった。来週からは、平年並みに戻るという。谷元は胸をなで下ろしながら、テレビを消した。事務室を出て、蔵を見上げる。立入禁止のテープも取れ、事件の痕跡を示すものはほとんどない。

思わず笑みがこぼれた。満ち足りた気持ちで振り向いたとき、正面に福家の姿があった。叫び声をあげそうになった。

「あ、あなた……」

「すみません。いくつか納得のいかないことがあって、居残りをしていました」

「納得のいかないことって？」

「ちょっとよろしいですか」

福家は手帳を開き、蔵の中にすたすたと入っていく。谷元はしぶしぶながら、後に従った。

「すみませんが、明日も早いので」

「お時間はとらせません。まずは免許証」

巨大なタンクの前で、福家の姿はますます小さく見える。

「佐藤社長は車を二台持っておられました。紺色のマジェスタに、シャンパンシルバーのＢＭＷ」

「彼の車道楽は、知ってますよ」

「では、免停寸前だったことは？」

「そんなこと、知るわけがない」

「免許証はＢＭＷの中にありました。つまり佐藤さんは、免許証なしでここまで来たことになります。車道楽の人間がそんな危険を冒しますか？　免停になったら運転できなくなるのですよ」

「佐藤氏は、うちの蔵に忍びこんで、大切なもろみを盗もうとしたんですよ。免停なんて、小さなことだ」

「でもマジェスタもＢＭＷも、昨日は工場の駐車場に駐まっていたのです。免許証を取るくらい、大した手間ではなかったはずです」

「免許証がどっちの車にあるか、忘れていたんでしょう」

「免停寸前なのに？」

「刑事さん、これでは堂々巡りですよ。話を進めてもらえませんか」

「車についていては、免許証のほかにも疑問点があります。例えば、ハンドルにかけてあった手袋。もし佐藤さんがそれをはめて運転してきたとしたら、そのまま蔵に入るはずです。どうして車を出るときに脱いだのか。そしてもう一つ、助手席の下に名刺が落ちていましてね。それは昨夜、佐藤氏を訪ねた人物のものでした。どうしてそれが、運転席側ではなく助手席側に落ちていたのか」

「免許証、手袋に名刺。つまり何が言いたいのです？」

「車を運転していたのは、佐藤氏ではなく別の人物ではなかったか。道に慣れており、ヘッドライトなしでも、あの駐車場に車を駐めることができる人物です。ここに来るまで、佐藤氏は助手席にいた」

「バカな」

「車のほかに、扇子の問題もあります」

福家はさらに手帳のページをめくる。

「あそこに落ちていたのです」福家は蔵の一角を指さす。「佐藤社長の持ち物でした」

「車と同じく、社長の扇子は有名だった。夏も冬も常に持ち歩いていましたよ」

「それについては証言を得ています。私が気になるのは、扇子が開いた状態で落ちていたことです」

福家は、タンクの前に立つ。

「もしポケットから落ちたのなら、閉じているはずです。人目を忍んで蔵に入りこんだ佐藤氏が、なぜ扇子をだしたのか。変だと思いません？」

「さあ、私には何とも……だが、そうだ、彼はビーカーを手にしていたんでしょう。それをだすとき、一緒に扇子も……」

「そんなはずはないのです。ビーカーは蓋が開いていました。片手にビーカー、片手に蓋。扇子はどう持ちます？」

　福家はボールペンで額をコンと突く。

「佐藤社長がここに来たのは、蔵に忍びこむためなのでしょうか」

　谷元は努めて冷静を装う。

「それは、どういう意味かね」

「すべて犯人の偽装ではないでしょうか」

「犯人？　社長は事故で死んだのだろう」

「いいえ。佐藤社長は何者かと一緒にここへ来た。そしてタンクに突き落とされた。そう考えると免許証や扇子、さらには車の停止位置の問題などがすべて解決するのです」

「しかし、それは……」

「谷元さん、昨日はどこで何をなさっていましたか」

「アリバイか？」

「皆さんにおききしていることですから」

　そう言いながらも、福家の目は鋭かった。

「昼間はずっとここにいた。温度管理が必要だったからね。杜氏と一緒に、詰めていたんだ。夜は自室に一人でいた。だからアリバイはない」

「谷元さん、梅をご覧になったのですよね？」

話題が飛んだ。この刑事と話していると、頭が混乱する。

「梅って何のことだね」

「ほら、今朝おっしゃっていたでしょう。暖冬のせいで公園の梅が咲いたって」

「ああ、あのことか。見たよ」

「いつご覧になったのです？」

「え……、さぁ、いつだったか。そんなことが、今度の件と関係あるのかね」

手帳のページが、パラパラとめくられる。

「問題の梅は、中央公園南側にあります。昨日の午後に開花。夕刻、ローカルテレビのクルーが撮影に訪れています」

「福家さん、さっきも言ったが、私は朝が早い。そろそろ……」

「あなた昨日の午後はずっとここにいたとおっしゃった。いつ梅を見たのです？」

谷元は福家から目をそらし、蔵にかかっている杉玉（さかだま）を見上げた。

「よく覚えていませんなぁ。誰かから聞いたんでしょう。電話でいろいろな人と話をしたから」

苦し紛れの言い訳にしか聞こえない。

「そうですか」

驚いたことに、福家はあっさりと引き下がった。

「お忙しいところ失礼しました」

深々と頭を下げ、くるりと踵を返す。

心臓が激しく打ち、どうにも落ち着かない。気づいたときには、福家を呼び止めていた。

「あんた、私を疑っているのか？」

振り向いた福家は、何も答えなかった。

「佐藤社長は事故で死んだんだ。うちの蔵に忍びこんで。あんたにも判ったはずだ、佐藤酒造の汚いやり口が。だが、うちの酒は自信をもって人に薦められる酒だ。現に一度は減った注文も元に戻りつつある」

「そのようですね」

「私には、彼を殺す動機がない」

「おっしゃる通りです」

「今度の件で蔵人たちも動揺している。そこのところ、もう少し気を遣ってもらえないだろうか」

「判りました。いずれにしても、こちらにお邪魔するのもあとわずかだと思います」

闇に沈んだ蔵の前を、福家は歩いていく。谷元は蔵の壁に両手をつき、大きく息を吐きだした。

「そうだ、あと一つだけ」

突然、福家が振り返った。身を起こす気力もなく、谷元はその姿勢のまま、言葉を待った。

「蔵人を一人、クビになさったそうですね。どうしてです？」

「そんなこと、事件と関係ない」

「事件当日、ここにいた方は、全員捜査の対象となります。居場所などを把握しておきませんと」

「中西といいますが、やつは夜中に宿舎を抜けだしては酒を飲んでいた。だから、出ていってもらったんです」

「なるほど。判りました」

福家は再び背中を向け、歩き始める。その後ろ姿を、谷元はじっと見送っていた。彼女の姿が完全に見えなくなるまで。

八

鍋谷五郎は、ゴブレットのビールを飲み干した。東都ホテル最上階のラウンジバー。窓際のソファに陣取り、一人の時間を過ごす。宝物のようなひとときだった。「リカーショップ　ウェアハウス」も全国に八十店舗を展開する規模になった。ここまで成功するとはな。満ち足りた気分で、そうつぶやいた。

鍋谷はもともと、酒類メーカーの営業マンだった。入社三年目のとき、担当地域の酒販店経営者に誘われ、この道に入った。ビールはもちろん、日本酒、ウイスキー、ワイン、焼酎、果ては紹興酒（しょうこうしゅ）から味醂（みりん）まで、あらゆるものを仕入れ、売った。気がつけば、全国に店を持つ酒屋の主になっていた。

明日は大阪の自宅に帰る。実に一カ月ぶりだ。二杯目のビールを空けると、鍋谷はマネージャーを呼んだ。

「ウォッカがいいな。ストロワヤはあるか」

マネージャーは軽くうなずいて下がった。

ソファに身を沈め、ラウンジ内を見回す。ピアノを囲むように配されたテーブルは、三分の二が埋まっていた。テーブル席の向こうにはバーカウンター。そこに鍋谷の目が留まった。バーテンと話している女性の身なりが、ひどく場違いなものだったからだ。黒いコートを着こみ、何と一升瓶を提げている。

　女性はちらりと鍋谷の方を見た。ラウンジ内は照明が落とされている。そのため顔かたちまでは確認できない。

　女性がカウンターを離れ、ゆっくりとこちらに向かってきた。

　鍋谷は眉をひそめた。ここにいる間は、誰にも会わない。マネージャーにそう申しつけてあった。携帯電話の電源も切っている。

　だが女性は、鍋谷の前で立ち止まった。

「鍋谷五郎さんですか?」

　無視することにした。だが、女性は静かに一升瓶をテーブルに置く。

「鍋谷さんですよね。私……」

「名乗らなくていい」あまりの図々しさに、口を開かざるを得なかった。「名乗る必要はないから、僕を一人にしておいてくれ。明日にでも社の方に電話してもらえるかな」

　女は顎に手を当て、何事か考えている。

「困りましたわ。急ぎなのです」

「そんなこと、僕には関係ない」

「いえ、関係なくはないのです」

鍋谷のイライラは頂点に達しつつあった。

「君、名前は？」

大方、都内の酒販店か問屋の者だろう。

「福家と申します。佐藤酒造の件で」

目の前に、警察バッジがさしだされた。

「君が警察官？」

「はい。捜査の責任者です」

鍋谷は、ささやかな抵抗を示して肩をすくめる。

「坐ってもよろしいですか」

「どうぞ」

ウォッカが運ばれてきた。鍋谷はストレートでちびちびやるつもりだった。マネージャーが気を利かせたのか、グラスは二つ。

鍋谷は脚を組み、福家の質問を待った。福家は表紙のすりきれた手帳を開く。

「佐藤社長のことは、ご存じですね」

「ああ」

「昨日の夕方、社長に会われてますね」

「昨日は、あの一帯の主だった酒屋を回ったんだ。佐藤酒造は飛ばすつもりだったが、社長からどうしてもと言われてね」

「お会いになったのは、何時ごろです？」

「午後六時から三十分だ。工場も見ていけというのを断って戻ってきた」

「話の内容は？」

「そんなことを話す義務はない。ビジネスに関わることを下手に話して洩れたりしたら、私の信用に関わる」

「これは殺人に関わることです」

「だから、そんなこと……殺人？」

　ボトルに伸ばした手が、思わず止まる。

「社長は事故で死んだと聞いたが」

「事件性を示す証拠がいろいろ出てきました。正式に殺人事件として動いています」

　鍋谷は脚を戻し、身を起こした。この奇妙な刑事に、興味が湧いてきたのだ。

「アリバイをききに来たのなら、すぐに弁護士を呼ばせてもらうが」

「午後七時四十分から都内で会食。午後九時、ウェアハウス新宿店に行き、店長と打ち合わせ。午後十時半、渋谷店、午後十一時半には、ここにいらっしゃった。バーを出たのは午前一時半。その後、株式会社昭和屋の専務と一階ラウンジで打ち合わせ。午前三時、自室へ」

「尾行でもされていたみたいだ」

「佐藤氏の死亡推定時刻は午前三時から四時の間。アリバイは成立しています」

「となると、何をききたいのかな」

鍋谷はウォッカをグラスにつぎ、福家に勧めた。

「この時間だ、勤務中というわけではないのだろう?」

固辞するかと思ったが、意外にもあっさり受け取った。

「ありがとうございます」

なみなみとつがれたウォッカを、一息で飲み干す。アルコール度五十パーセントの酒をだ。

「これは見事な飲みっぷりだ」

さらにウォッカをつぐ。

「おききしたいのは、佐藤社長との会談の中身です」

鍋谷もグラスを干す。焼けつくような刺激が喉から胃へ下りていく。舌がびりびりと痺れ、感覚がなくなった。

「だ、だから、ビジネスのことを話すわけにはいかないのだよ」

「事件に関係しているとしても?」

「法的に僕の口を開かせることはできるだろう。だが、それには手間がかかる」

「はい。できれば、今夜中に教えていただきたいのです」

「なぜ、そんなに急ぐ?」

「犯人を逮捕したいからです」

「おいおい、まるで犯人が判っているようじゃないか」

「判っています」

「何?」

「犯人は判っています。ですが、動機が判りません。おおよその見当はついていますが、それだけでは……」

「そこで、僕に目をつけたわけか」

「これが」福家はどこからともなく、ビニール袋に入った名刺を取りだした。「佐藤氏が乗っていたと思われる車の中に落ちていました」

　鍋谷の名刺だった。夕刻に会った際、渡したものだ。握り潰されたようになっている。

「佐藤氏があなたの名刺をなぜこんなふうにしたのか、気になりまして」

鍋谷は苦笑する。

「なるほど。亡くなった人のことを悪く言うつもりはないが、所詮その程度の男だったわけだ」

「詳しく話していただけませんか」

福家は巧みな間で、するりと人の心に入ってくる。鍋谷は危うくうなずくところだった。

「ダメだ。まず弁護士に連絡させてもらう」

福家は首を傾げながら、

「そうですか。困りました……」

そろそろ意地悪はやめにしてやるか。だが、ただ教えてやるのではつまらない。

「一つ提案がある。酒を飲みながら話すというのはどうだ？」

ウォッカのボトルを示す。

「君が酔い潰れたら、そこまで。むろん、僕も飲む」

「あなたが酔い潰れては困ります」

「僕は強い方だ。心配ご無用」

「判りました」

福家はにこりとして、着たままだったコートを脱いだ。鍋谷はグラスに酒をつぐ。

　軽く乾杯して、一気にあおった。

「佐藤酒造そのものには、まったく興味がなかった。社長と会ったのは、頼まれたからだ。一応、酒造組合の有力者だからね」

「用件は何だったのです？」

　今度は、福家が酒をついだ。

「うちの定番商品に『誉れ』という商品を加えてくれと言われた。断ったがね」

「どうしてですか」

「あそこの酒は扱う価値がない。生産性と儲けだけを考えた、うまくもない酒だ。僕ははっきり物を言う質でね。彼にもそのように言った」

「佐藤氏はそれに対して何と」

　四杯目が空になった。体全体が火照り始めた。顔が赤くなってはいないだろうか。鍋谷はそのことばかりが気になった。

「内心、怒り狂っていたんだろうね。顔色を見れば判ったよ。それでも、ニヤリと笑っただけだった」

　福家は涼しい顔でグラスを満たす。ウォッカのボトルはほとんど空だった。

「どうします？」

す。

「お酒です。新しいのを頼みますか」

度数五十の酒が空になった。どういうことだ？　福家はテーブルの一升瓶を指

「え？　何が」


「これを開けましょうか。『月の雫』です」

鍋谷はマネージャーを呼び、封を切るように言った。嫌な顔一つせず、マネージャーはうなずく。

鍋谷は再び脚を組んだ。

「佐藤のヤツ、どういうわけか自信満々なんだ。売上はじり貧、工場への設備投資も経営に響いている。決して余裕があるわけではないはずだけどね」

呂律が回らなくなってきた。水が一杯欲しいところだが、福家の手前、そう言うわけにもいかない。

デキャンタに移された「月の雫」が運ばれてきた。猪口を置こうとしたマネージャーを福家が止める。

「コップで構いません」

酒がつがれる。

「その根拠がお判りになりますか？」

「へ？」

「佐藤社長の自信の根拠です」

「そりゃあ、まぁ、何となく……」

福家のグラスは空になっている。鍋谷は極上の酒を喉に流しこんだ。一方の福家は、手酌で酒をつぎ、水のように飲んでいく。顔色、態度とも、変化はなかった。

「これは私の推測ですが、佐藤社長は谷元酒造に目をつけていたのではないですか？」

鍋谷はグラスを掲げ、笑った。

「ご明察。私も同じことを考えていた。谷元酒造の経営は佐藤以上に厳しい。生産性を上げなければ、早晩潰れるだろう」

「佐藤社長の狙いは吸収合併ですか？」

「さあね。ヤツのことだ、乗っ取りまがいのことでもしかねない」

「コップが空いてます」

福家が両方に酒をつぐ。デキャンタの酒は、既に三分の二がなくなっていた。どう考えても、福家の方がたくさん飲んでいる。

こめかみのあたりがずきずきと痛む。こんな経験は、学生時代以来だ。

「と、とにかくだね、佐藤は谷元を狙っていた。証拠はないが、僕の言うことに間違いはない」

極上の酒ではあるが、体が飲むことを拒否していた。口に含んだだけで、くらくらする。

「社長の思惑が谷元酒造の吸収にあるとすれば、蔵に忍びこむ理由はなくなります」

「あん？　何だって？」

「いえ、こちらのことです。どうも貴重な情報をありがとうございました」

「おい、何を言って……、酒はまだあるぞ」

「いえ、これ以上飲むと酔ってしまいますので」

「何だと」

立ち上がろうとしたが、体がうまく動かない。テーブルの縁にしたたか脚をぶつけ、ソファに倒れこんだ。

コートを着た福家は、すたすたとまっすぐ歩いていく。そんなバカな……。

うやうやしく頭を下げるマネージャーの姿がかすみ、鍋谷の意識はとぎれた。

九

深夜のファミリーレストランで、中西友也は求人情報誌を読んでいた。三杯目のコーヒーを胃に流しこみ、ページをめくっていく。このご時世に、条件のいい仕事がそうそう見つかるわけもない。

「中西さん？」

テーブルの前に、黒いコートを着た女性が立っていた。顔に見覚えはない。宗教の勧誘だろうか。

「何か？」

情報誌に目を落としたまま、言った。

「ちょっといいですか？」

「宗教には興味ない。今は、仕事探しが最優先なの」

「谷元酒造、残念でしたね」

中西は驚いて顔を上げる。なぜ谷元のことを知っているのだ？

そんな中西につきつけられたのは、警察バッジだった。

「福家といいます。ちょっと伺いたいことがあるのです」

佐藤酒造の社長が、蔵で死んだ。朝から中西ら見習いもてんてこ舞いだった。散々走り回った挙げ句、午後一番にクビを言い渡された。

福家は立ったままだ。店員が不審げにこちらを見ている。

「坐ったらどうですか」

福家は小さくうなずくと、向かいに腰を下ろした。店員にコーヒーを頼む。

「それで、ききたいことって？」

「よろしければ、解雇の原因を教えてくれませんか」

単刀直入に切りこまれ、思わずむかっときた。

「言いたくない」

「お酒を飲んでたのが、バレたんでしょう？」

「知ってるなら、きく必要ねえだろ」

「どうして、そんなことをしたの？」

「研究だよ。酒造りに携わるなら、いろいろな酒を飲まなくちゃ。だけど、なかなか他社(よそ)の酒って飲めないだろ、社長とかの目もあるし」

「それで夜中に？」

「問屋のセールスに友達がいてさ。時々、持ってきてくれるんだ。誰にも内緒で、夜中に味見してたんだけど……」

「バレちゃったのね」

「社長は何でもお見通しさ。夜中にこっそり酒を、それも『誉れ』のような悪酒を飲むようなヤツ、ここには置いておけないから出てけって」

「『誉れ』のような悪酒、社長はそう言ったのね」

「ああ。だけど、あくまでも研究のためだ。佐藤酒造にどの程度のものが造れるのか、見てみたくてさ。サンプルを持ってきてもらったんだよ」

「それを飲んでいたのは、いつ？」

「事件のあったころさ。その日の夕方、友達が特別に持ってきてくれたんだ。蔵であんなことが起きてたなんて、全然、気づかなかった」

「ありがとう、助かったわ」福家は満面に笑みを浮かべた。「お邪魔してごめんなさい」

「いや」

求人情報誌に注意を戻す。ふと目を上げると、テーブルには二人分のコーヒー代がきっちりと置かれていた。

十

午前六時半、蔵人たちと朝食を済ませ、谷元は社屋裏の倉庫に向かった。入口右手には、地下室への階段がある。

ステップを下り、壁のスイッチを押すと、天井の蛍光灯がつく。広さは十五畳ほど。空調設備があり、常に十五度を保っている。部屋の奥にある木製のラックに、数本の一升瓶が入れてあった。谷元は左端の瓶を一本取りだす。

それを手に地上に戻る。ようやく顔をだした朝日の中に、女性のシルエットが浮かびあがっていた。

「やはり来ましたか」

「お話ししたいことがあります」

谷元は蔵のまん中に立った。ときおり蔵人が行き来するが、谷元と福家には目もくれない。搾りを前にした今が、一番大事な時期だ。わずかな温度の乱れ、湿度の変化が、酒の味に影響する。杜氏も険しい顔で、もろみの泡に目を凝らしている。

谷元はゆっくりと福家に向き直る。

「今年はいい酒ができると思います。ここ数年でも最高でしょう」

「昨夜、『月の雫』をいただきました。香りは穏やかですが、味は鋭い」

「気に入っていただけたようですな」

「さらに驚いたのは、後味です。膨らみがあり、余韻がいつまでも残る」

「それこそが『月の雫』の持ち味です。雑味をなくし、旨味を増す。単純なことですが、実践は難しい」

「これだけのお酒を造り上げるには、苦労なさったでしょう」

「私の手柄ではありません。杜氏と蔵人のおかげです。私は、場を提供しただけのことで」

「蔵を愛していらっしゃるのですね」

「それはもう」

「だから、佐藤社長を殺したのですか？」

そのままうなずいてしまおうかと思ったが、目の前に並ぶ醸造タンクは、それを許さない。

「何をおっしゃっているのか、判りませんな」

「佐藤社長は、この蔵を事実上、乗っ取るつもりだった。『月の雫』というブランドを自社のものにするつもりだった」

「そんな……事実無根です」

「こちらの経営は決して楽ではない。今年の仕込みは何とかなりましたが、来年はどうなるか」

「『月の雫』は多くの人に愛されている。そんな蔵が、潰れるわけはないでしょう」

「佐藤酒造の圧力についても、調べはついています。値引き攻勢をかけられ、取扱店も減っていたとか」

「今月に入って、また元の水準に戻りつつあります。酒屋さんも、本当に良い酒がどちらなのか、判っているんです」

「しかし……」

「刑事さん」

谷元は、思わず声を荒らげた。

「いい加減にしてください。たしかに佐藤酒造は商売敵ですが、それと社長殺しとは別問題だ。私は社長を殺したりしていない」

「では、車の問題はどうなりますか。ここをよく知らない佐藤氏が、暗闇でヘッドライトもつけず、どうやってあの場所に駐車したというのです?」

「難しいことだが、不可能ではない」

「偶然、飛びだしただけでしょう。とにかく、社長はここに忍びこみ、もろみを盗もうとしたんです。そのことに関しては絶対に許すことができません」

「佐藤氏はここを乗っ取ろうとしていたのですよ。どうして今さらサンプルが必要なのですか」

「また堂々巡りだ。乗っ取りだとか何だとか、そんな話を私は聞いていない」

「事件のあった夜は、記録的な暖かさだったそうですね」

福家は手帳をだし、ページに目を落とす。

「平年より四度高かったそうです。空調設備を持たないこの蔵は大変だったのではないですか」

「ある程度の温度なら、あれを開け閉めすることで対応できます」

谷元は地上三メートルほどのところにある、木製の開き戸を示した。

「はしごをかけるので、手間はかかるがね」

「風通しをよくするわけですね。事件当夜も当然、開いていた」

「ああ」

「開閉を決めるのは誰ですか？」

「ある程度は、蔵人の裁量に任されている。むろん、私が開けることもある」

福家は手帳のページを繰る。

「事件当夜、木戸は閉まっていたのですね。田村さんが開け忘れて」

「そうだったかな」

「谷元さんがおっしゃっています。『ゆうべだって、蔵の木戸が全部閉まっていた。今年は暖冬だから、気温の変化を見て開けるように言っておいたじゃないか』」

人の話を、全部メモしているのだろうか。谷元は、小柄な女性警部補に薄気味悪さを感じ始めていた。

「そんなことを言いましたかね」

「こうもおっしゃっています。『私が気づいて開けたからいいようなものの、下手をすれば、今年の酒が全部パアになるところだったんだ』と」

「言ったかもしれんね。とにかく、酒造りにとって、温度はそれほど重要なのです」

「だとすると、ちょっと妙なことがあるのです」

「妙なこと?」

「蔵人の田村さんに、事件当日の見回りについておききしました。午前二時と四時」

「田村ですか。どうにも酒飲みで困る。若い者の面倒見も、酒造りの勘もいいんだが」

「午前二時の見回りについて、田村さんはこう言っています。『蔵に着いたのは二時五分だった……。懐中電灯で、奥の壁にあるスイッチを探してつけた。手前のタンクから順番に確認。三十分かけて見回って』と」

「別におかしなところはない。見回りの手順はそうですから」

「四時の見回りのときはこうです。『三分ほど早めに着いた。戸を開けて電気をつけて、いつもの手順通り、手前のタンクから』」

「おかしな点はないですな」

「そうでしょうか」

「刑事さん、何度も言っていることだが、もう少し要点を絞って……」

「二時、四時ともに外は真っ暗でした。宿舎から蔵までは明かりがありますが、蔵の中は真っ暗です。見回るには、電気をつけなければなりません。そのスイッチ」

福家は壁にあるスイッチを指さした。

「二時の見回りのとき、田村さんはまず懐中電灯をつけ、スイッチの場所を探し、電気をつけています」

「誰でもそうするでしょうな」

「ただ四時のときは違います。彼は懐中電灯をつけていません。戸を開けて電気をつけて、と言っています」

谷元は苦笑する。

「はしょっただけでしょう。実際には懐中電灯をつけていた」

「いいえ」

福家は手帳をめくる。

「私は、田村さんが見回りに来たとき、殺人犯がまだ中にいたのではないかと考えました」

「おやおや、殺人説をまだ捨てていないのですか」

福家は谷元の揶揄を無視する。

「田村さんが蔵に入ったと同時に、抜けだす。田村さんの注意は蔵の内に向いていますから、できないことではありません」

「奇想ですな」

「あらゆる可能性を検討するのも仕事なのですよ」

福家はぱたんと手帳を閉じた。

「田村さんはそれに対し、『戸を開けてスイッチを入れるまで、三秒あるかなしだよ。そんな暇あるわけないさ』と答えています。懐中電灯をつけ、スイッチを探す。三秒あるかなしで、それができますか」

「あなたいったい何が言いたいんです？」

「蔵の中は、暗闇ではなかった」

「え？」

「見えたのですよ、スイッチが。だから、懐中電灯はいらなかった」

福家は、壁上部にある木製の開き戸を指す。

「あの戸が開いていて、月の光が射しこんでいた。だから、スイッチが見えたのです」

呆然とする谷元に、福家は畳みかけてくる。

「午前二時、木戸は開いていなかった。だから田村さんは懐中電灯をつけた。でも、四時には開いていたのです。いったい誰が開けたのでしょう」

「さ、さあね。杜氏か誰かが来て、開けたんではないかね」

「おかしいです。木戸はずっと開いていたことになっているのですから。田村さんが開け忘れたので、あなたが開けた。あなた、ちゃんとそう言ってます。にもかかわらず、二時には閉まっていた」

終わりが迫っているようだった。谷元は持っていた酒瓶を、傍にある木箱に置いた。

「蔵人の方々に確かめたところ、事件前日、木戸を閉めたのは杜氏頭。午後四時に、いったん閉めたそうです。本来であれば、午後九時の見回りのとき、田村さんが開けるはずだったのですが、あの人はそれを忘れてしまった。その後、木戸を開けたと証言する人はいませんでした」

福家は一枚の写真をだした。

「一報を受けて、刑事がここに到着したのが午前五時十八分。鑑識が蔵の外観を写真に撮っています。そのとき、木戸は開いていました。谷元さん、あなたが開けたとおっしゃった木戸は午前二時の段階では閉まっていました。そして、朝を迎えたときには再び開いていました。これはどういうことでしょう」

谷元はゆっくりと首を振る。

「さあ、判りませんな。そもそも開けたと言ったのは記憶違いで、別の日と混同したのかもしれない」

「ですが午前二時から四時の間に、誰かが開けているのです」

「木戸を開けた者が犯人だと?」

「我々がいくら尋ねても、開けたという人が申し出てきません。開けたことを、どうして隠すのか。犯行に関係していると判断せざるを得ません」

「理屈は判る。だが、私とは無関係だ」

福家は、木戸を指さす。

「戸はかなり高い場所にあります。開けるためには、はしごを使わねばなりません」

「蔵の者であれば、誰でも使える」

「犯行のあった晩、はしごを使ったのはあなたです」

福家の口調には、言い知れぬ迫力があった。気圧されて、谷元は口をつぐむ。

「佐藤社長を殺害したあなたは、蔵を離れようとした。そのとき、異常な暑さに気づいたのです。木戸を開けねば、酒がダメになるかもしれない。あなたは居ても立ってもいられなくなった。そこで、はしごに上がって木戸を開けたのです。時刻はおそらく午前三時半ごろ」

「そんなこと、していない」

「木戸を開けたあなたは、そこであるものを見ます。蔵の出入口からでは、生け垣が邪魔して見えない倉庫。ですが、木戸の高さからなら、楽に見通せます。あなたは、見習いの中西君が『誉れ』を飲んでいるところを目撃した」

谷元は、無言で立ち尽くすしかなかった。もう返す言葉はない。

「『誉れ』は一般発売前の商品です。中西君はそれを、問屋のセールスから特別に入手したのです。彼があの場所で『誉れ』を飲むことができたのは、事件当夜だけ。そして、あなたが彼の行動を見ることができたのは、あの木戸がある場所だけです。あなたは、犯行のあったまさにその時刻、蔵にいたのです。そのことについて、どう説明なさいますか」

疲労感が押し寄せてきた。張り詰めていた糸が、切れてしまったらしい。

「……このままでは酒がダメになる。そう思ったら、体が勝手に動いていた。はしごをかけ、木戸を開けた。酒を見捨てることはできなかった」

谷元は唇を嚙みしめる。

「蔵に入った瞬間に気づくべきだった。緊張と恐怖で感覚が麻痺していたんでしょう。犯行直後、流れる汗を拭おうとして、愕然としましたよ」

「蔵の中は暑かった。だから、佐藤社長は扇子を使ったのですね」

「田村は当番から外しておくべきでした。宵の口から酔っていて、木戸を開け忘れ、見回りのときも暑さに気づかなかった……」

谷元は壁にかけてある柄杓を手に取った。これでもろみをすくい、味を見たりする。

木箱に置いた瓶の蓋を開ける。さきほど、地下室から持ちだしたものだ。

「中西は見どころのある男です。下働きとして使われるより、もっと大きなことをした方がいい。そう思って、クビにしたんです。いずれ、北海道にある大学を紹介してやるつもりでした。醸造科が新設されましてね、私の知り合いが教授をしています。そうだ、福家さん、彼にそう伝えてやってくれませんか。彼は将来、すごい酒を造るかもしれない」

「判りました。伝えましょう」

谷元は瓶の中身を柄杓に注ぐ。

「月の雫純米無濾過生原酒です。三年熟成させてあります。一杯、いかがです」

「いただきます」

谷元は柄杓を福家にさしだす。

「これは日本酒を変える。発売の暁には、うちの経営も安定すると思っていたのですが」

福家が、口をつけた。眉がぴくりと動く。

「谷元さん、これ……」

「気に入っていただけましたか」

「ええ、とても」

「よかった……」

谷元は醸造タンクにそっと手を伸ばした。それはほんのりと温かかった。

オブリガート

今野　敏

1

事件は、だいたい深夜に起きる。そして、事件が発覚するのは早朝が多い。

だから、刑事は、深夜や早朝に呼び出されることが多い。

警視庁本部にいる頃は、そうでもなかった。だが、所轄は事件となればすぐに飛び出していかなければならない。

その日も、相楽は、朝の五時に起こされた。

当番の捜査員からの電話だった。今日の当番は、強行犯第二係、通称「相楽班」だった。

お台場の海浜公園で、怪我をして倒れている若い男が見つかったという無線が流れたのだ。

警視庁本部の捜査一課時代も、夜中や早朝に現場に赴くことはあった。だが、それほど頻繁ではなかった。本部では、待機の時間がけっこう長い。

その間は、資料整理や書類仕事をしていることが多かった。刑事の仕事には、驚くほど多くの書類がついて回る。

相楽は、当番の捜査員に「すぐに行く」と伝えて電話を切った。

相楽は、マンションを出てタクシーを拾った。

独身の警察官は寮に住むことになっている。結婚すれば寮を出られるが、独身でも自分でマンションを買ったりして出ていく者が少なくない。

規則通りに独身者全員を住まわせていたら、寮はパンクしてしまう。だから、住む場所については、それなりに融通が利くのだ。

相楽が寮を出たのは、警部補になったときだった。ローンを組んでマンションを買った。仕事に夢中で、気がついたら三十九歳の今も独身だった。

小さい頃から刑事になるのが夢だった。国内もの海外ものを問わず、刑事ドラマが大好きだった。

大学生になると、インターネットで、警察マニアのサイトの常連になった。警察のことがよく載っているマニア向けの雑誌も買った。

巡査拝命のときから、ことあるごとに刑事志望であることをアピールしつづけた。その甲斐あって、三十歳になった年に、ようやく署長推薦をもらった。

研修を受け、翌年に所轄の刑事課に配属された。それが、相楽の刑事人生の第一歩だった。

相楽は、文字通りぼろぼろになるまで働いた。刑事の仕事は、それくらいに激務だった。勤務時間は不規則で、常に睡眠不足だった。

それでも相楽は、刑事を辞めようと思ったことは一度もなかった。まさに、刑事は天職だと思った。

がむしゃらに働いた。それが認められたのか、三十五歳のときに、警視庁本部の捜査一課に引っぱられた。捜査一課は刑事の花形だ。

相楽は、得意の絶頂だった。自分は選ばれた者なのだと信じていた。捜査一課では、さらにいろいろな事柄を学んだ。所轄では経験できない重要な事案も手がけた。

まさか、所轄に舞い戻るとは思っていなかった。

係長になったのだから、降格人事とは言えない。だが、相楽は、なんだか降格されたような気分になっていた。

東京湾臨海署の規模拡大に伴っての人事だった。署が新設されたり、規模が拡大するときには、本部の人員をもって管理職に当てることがある。今回はまさにそのケースだったのだが、どうして自分が所轄に出されるのか、しばらく納得できなかった。

今でも、捜査一課員が付ける「S1S」のバッジを付けていたかった。

一度捜査一課を経験すると、所轄の能力が低く思える。相楽は、そう感じていた。捜査本部ができて、捜査一課と所轄の捜査員が合同で捜査をする際、所轄はほとんど道案内と変わらない。相楽は、そう認識していた。

　新しい部下たちに不満があるわけではない。だが、部下たちにどう思われているか、常に気にしていた。所轄から捜査一課に吸い上げられるのは誇らしいことだが、その逆は印象が悪い。

　ともあれ、所轄にやってきたのは事実なのだから、あれこれ言っていても始まらない。再び、実績を上げて捜査一課に戻ればいい。相楽はそう思った。

東京湾臨海署の刑事課には、強行犯係が二つある。

相楽が率いる第二係と、安積剛志係長が率いる第一係だ。

第一係に安積がいてくれたことは、相楽にとって幸運だった。やる気が起きるからだ。安積は、相楽にとって恰好の標的なのだ。

以前から、安積のことは知っていた。所轄の捜査員のくせに、常に自信たっぷりのところが妙に鼻についた。

所轄にも捜査能力の高い捜査員がいることは認める。しかし、彼らはいずれ本部に吸い上げられるべきだ。

　ずっと所轄に残っている捜査員は、必然的に視野が狭くなると、相楽は考えていた。捜査には、広い視野が必要だ。

　捜査一課では、多くのことを学び、結果的に捜査能力が上がる。捜査一課は、選ばれた者の集団なのだ。

相楽は、長い間、そう信じてきた。だから、捜査一課にこだわったのだ。だから、周囲が安積のことを評価するのが不思議だった。捜査一課の先輩刑事まで、「臨海署に安積あり」などと言ったりする。

たしかに、安積は部下に慕われている。安積班は、東京湾臨海署がまだずいぶんと小規模だった頃からほとんど変わらない顔ぶれだったのだという。

結束が固く、係員たちは安積を信頼している。そして、多くの実績を残しているのも確かだ。

ならばどうして本部に引っぱられないのだろう。相楽は、そんなことを思っていた。

その安積が隣の係にいる。相楽は、安積班だけには負けまいと思っている。安積班より多くの実績を上げていれば、その結果、また相楽は警視庁本部に戻れるかもしれない。

所轄で一生を終わる気などない。相楽は、常に上を目指そうと思っていた。

電話を受けたときはまだ薄暗かったが、現着する頃には、すっかり明るくなっていた。

機動捜査隊と鑑識がすでにやってきていた。鑑識の作業が終わるまで、捜査員たちは待ちぼうけだ。

テレビドラマなどで、刑事が現場を見ているときに、鑑識が作業をしていることがあるが、本当は、ああいうことはあり得ない。

鑑識が、遺留品や足跡、指紋といった証拠を完全に保存し終わるまでは、捜査員は現場に入れないのだ。

やがて、鑑識のオーケーが出て、現場に入る。公園には木々が密に生い茂り、死角も多い。

怪我人は、木々の間にうつぶせに倒れていたという。

「発見者は？」

相楽は、第二係の荒川秀行主任を見つけて尋ねた。荒川は、五十一歳の巡査部長だ。半白で痩せている。

「ジョギングに来た近所の住民です」

お台場にもマンションなどの共同住宅があり、人が住んでいる。相楽はそれを思うと、いつも少しばかり不思議な気分になる。

お台場は、遊びに来るところであって、住むところではないような気がするのだ。

「話を聞けるか？」

「自宅を訪ねれば、聞けると思いますよ。でも、すでに機捜が話を聞いているはずです」

相楽はうなずいた。

もし、荒川が若い刑事なら、小言を言っていたかもしれない。機捜が何を訊こうが関係ない。目撃者や発見者には直接話を聞く必要があるのだ。

殺人事件などでは、第一発見者をまず疑えというのが鉄則だ。今回は、殺人ではないが、被害者を発見した人物というのは重要だ。

五十一歳で巡査部長というのは、所轄では珍しくない。巡査部長で定年を迎える警察官も大勢いる。

出世には興味がなく、定年まで現場にこだわりたいという刑事がいることも事実だ。荒川は、そうした刑事の一人なのだ。

だが、相楽は、そういう姿勢を認めたくない。もし、優秀な刑事ならば、捜査の指揮を執る立場になり、その能力を活かすべきだ。

第一、自分より一回りも年上の部下なんて、やりにくくて仕方がない。

安積班の係員は全員、係長より年下だ。ベテランといわれている村雨も、相楽より年下なのだ。相楽班よりも、年齢のバランスは取れているように思える。

だが、うらやましいと思っても仕方がない。今いる人員を最大限に活用することが大切だ。荒川は、長年刑事をやっているので、その経験が役に立つことは少なくない。

鑑識の作業が終わり、現場を見ることになった。機動捜査隊とともに、現場を丁寧に見ていく。木立と木立の間の草むらに、血痕(けっこん)が見られた。

被害者は、ここに倒れていたようだ。

荒川がついてきて、背後から言う。

「草の倒れ具合から、引きずられてきたみたいですね」

相楽は、振り返らずにこたえる。

「そのようだな」

倒れている草の多くは、遊歩道の逆のほうを向いている。つまり、被害者は遊歩道側から引きずられたことを意味している。

「被害者のところには、誰か行っているのか？」

「日野(ひの)が病院に行っています。まだ、連絡はありません」

日野は、三十歳の巡査だ。まだ、刑事になりたてだ。だから、普段は、荒川と組んで仕事をしている。

「様子を知らせるように言ってくれ」

「わかりました」

ふと振り向いて荒川を見ると、何か言いたげな顔をしていた。

「何だ？」

「いえ……」

「言いたいことがあったら、言ってくれ」

「日野のこと、係長はご存じですか？」

「日野がどうかしたのか？」

「噂をお聞きになっていませんか？」

「噂？　何の噂だ？」

「いえ、ご存じないのなら、それでいいんです。余計なことを申しました」

「おい、言いかけてやめるな。気になるじゃないか」

荒川が周囲を見回して言った。

「日野が、第一係の水野と噂になっているのです」

「水野と……？　どんな噂だ？」

「いや、私も詳しくは知りませんが、まあ、男と女のことですから……」

なぜか、不愉快になった。

「二人は付き合っているということか？」

「いや、まだ、そこまでは行っていないようなのですが……」

「なのに噂になっているのか？」

「こういう話は、すぐに広がりますからね……」

　ばかな……。高校生じゃあるまいし……。

　だが、荒川が言うことは事実だ。所轄にいると、いろいろなことがある。本部庁舎とは、やはり雰囲気が違う。よく言えばアットホーム、悪く言えばなあなあのところがある。

　相楽は、強行犯第二係を、仕事に特化した集団にしたいと考えていた。それが、安積の一係と違うところだ。

　個人的なことなど、無視しようか。それとも、日野から話を聞いておくべきだろうか。

　相楽は迷った。

　いずれにしろ、今はそんなことを考えているときではない。仕事に集中しなければならない。

　相楽は、荒川にもう一度言った。

「日野に、被害者の様子を知らせるように言ってくれ」

「了解しました」

荒川は、そうこたえると、相楽から離れていった。

相楽は、機捜隊員を捕まえて尋ねた。

「発見者から話を聞いたのは誰だ？」

「自分です」

機捜隊員は、たいてい若い。若手刑事の登竜門(とうりゅうもん)でもあるのだ。各所轄から選抜され機捜隊員となり、経験を積んだ後に、さらに捜査一課の捜査員として選抜される。

「どんな様子だった？」

「発見者は、三十五歳男性。会社員です。早朝に公園でジョギングするのを日課にしているそうです」

そういう健康な生活は、自分には当分無理だと相楽は思った。所轄の刑事時代に、酒と煙草(タバコ)をやめた。でなければ、もたなかったと思う。それくらいに、刑事の生活は不健康なのだ。

機捜隊員の言葉が続いた。

「木と木の間から、脚が出ているのが見えたんだそうです。すぐに人が倒れているのだとわかり、携帯電話を使って一一〇番通報したということです」

「そのときは、すでに、あそこに倒れていたんだな？」

相楽は、草が倒れ、血痕があった場所を指さした。

機捜隊員はうなずいた。

「ええ、そうです」

「だが、明らかに運ばれた跡がある。傷害の現場は別な場所ということになるが、何か目撃情報は？」

「今のところ、目撃情報はありません」

「わかった。いつごろ引きあげる？」

機動捜査隊は、初動捜査専門だ。所轄や捜査一課に捜査を引き継ぐと、また別の事案にそなえて待機に入る。

「もうしばらく聞き込みを続けるように言われています」

「何かわかったら、知らせてくれ」

「はい」

機捜隊員と入れ替わりで、荒川が戻ってきた。

「被害者の意識が戻っているそうです」

相楽は、現場を見回してから言った。

「自分らは、そっちに行ってみよう」

被害者は、江東区有明にある救急病院に運ばれていた。

日野は、廊下のベンチに腰かけていたが、相楽を見るとすぐに立ち上がった。相楽は、尋ねた。

「意識が戻ったって？」

「はい」

「話は聞いたのか？」

「突然殴られたので、何もわからないと言っています。医者の話だと、金属バットのようなもので殴られたのだろうということです。頭部と肩などに数カ所の殴打の跡があるそうです」

「会ってみよう」

相楽は病室に入った。被害者は、若い男だ。相楽は枕元に立って言った。

「警視庁の相楽といいます。少しお話をうかがわせてください」

男は何も言わない。ぼんやりと相楽のほうを見ている。まだ、意識がはっきりしているとは言えない状態なのだろうか。

「名前と年齢、住所を教えていただけますか？」

日野が尋ねているはずだが、確認のため訊いておこうと思ったのだ。

「向井達朗、二十七歳。住所は江東区南砂二丁目……」

「職業は……？」

「バイトしてます」

「突然殴られたということですね？」

「はい」

「相手はどんなやつでしたか？　一人でしたか？　複数でしたか？」

「よくわからないんです……」

「なぜ、お台場にいらしたのですか？」

「買い物です」

「襲撃されたのは、何時頃だか覚えていますか？」

「わかりません。覚えてません」

相楽は、日野と荒川の顔を見た。それから廊下に出た。

荒川と日野も廊下に出て来た。相楽は言った。

「何かの理由で、話をしたくないみたいだな」

荒川が言う。

「犯罪歴（マエ）を洗ってみますか？」

「その必要がありそうだな」

相楽は、日野に、噂のことを尋ねようかと思った。しばらく考えて、今はやめておくことにした。

　日野にも捜査に集中してもらいたい。

　相楽は、署に向かうことにした。

2

「こいつの身柄を押さえているそうだな?」

　午後三時頃のことだ。安積係長が相楽のもとにやってきて、一枚の写真を見せた。

　写真を見て、相楽は驚いた。今朝発見された傷害の被害者、向井達朗の顔写真だ。

　相楽は、安積に尋ねた。

「どうして、こっちの被害者の写真を持っているんです?」

「第一係で手がけている事案の被疑者の一人なんだ。窃盗、強盗・傷害、それに強姦の容疑がかかっている。俺と水野が担当している」

「なるほど……」

　相楽は言った。「それで、話を聞いてもろくにこたえようとしなかったんですね……」

「話を聞いたのか？」

「聞きました。今、有明の救急病院にいます。警察に追われているのに、名前も住所もぺらぺらしゃべりましたよ」

「何と名乗った？」

「向井達朗。住所は、江東区南砂二丁目……」

「でたらめだ。本名は、立岡吾郎。こっちで把握している住所は、品川区大井二丁目だ」

相楽は舌打ちしたくなった。

「しかし、偽名を使ったってすぐにばれるじゃないですか。病院から出られないんだし……」

「見張りはついているのか？」

「いえ、こっちにとっては、ただの被害者ですからね。特に見張りはつけていません」

安積は、すぐに一係の机の島のほうを振り向いて言った。

「至急、病院に急行しろ。立岡吾郎に見張りをつけるんだ」

水野が即座に立ち上がるのが見えた。

「待ってください。勝手に見張りをつけるなんて……」

安積が相楽の顔を見て言った。

「そっちにとっては被害者でも、こちらにとっては被疑者なんだ。相応の措置をとらせてもらう」

「窃盗、強盗・傷害に強姦と言いましたね？　詳しく説明を聞かせてください。こっちの事案を持って行かれてはたまらない」

安積は、無表情だ。相楽は、いつものポーカーフェイスに苛立ってしまう。こちらが興奮する姿を、静かに眺めているのだ。すると、ますます興奮が募り、歯止めが利かなくなることもある。

こちらを挑発しているのではないことはわかっている。だが、結果的に同じことになるのだ。

安積が説明を始めた。

「立岡吾郎の件については、強行犯係だけではなく、暴力犯係や、生活安全課の一般防犯係も絡んでいる」

どうやら、けっこうでかいヤマらしい。相楽たちは、知らずにそれに関わってしまったということだ。

安積の説明が続く。

「立岡吾郎は、集団で車上荒らしをやったり、強盗・傷害事件を起こしたりしている。四人から五人のグループだ。どうやら、お台場がお気に入りで、二台の車に分乗してやってきては、犯行を繰り返していた。ドラッグの売買にも関わっているようだ。メインは強盗だが、金品を盗むだけではなく、強姦に及ぶこともある」

ふと、相楽は疑問に思った。

「立岡は、自分らに本名を名乗りませんでした。自分らは偽名である向井達朗という人物を洗っていたわけですが、安積係長は、どうして向井が、立岡吾郎だとわかったのですか？」

「発見された場所だよ」

「場所……？」

「立岡が倒れていたのは、彼らが強姦するのによく使用していた場所だ」

相楽は驚いた。

「それだけのことで、気づいたのですか？」

「気づいたのは、俺じゃない。水野だ。ぴんと来たんだろう。そして、おたくの日野という捜査員に、人着（にんちゃく）を確認した」

「日野に……？」

「日野が写真を見せてくれて、立岡吾郎だと確認できたわけだ」

相楽は、考えてから言った。

「二つのことが気になります。一つは、立岡を襲撃した犯人のことです。明らかに複数の相手にやられています。立岡のことを追っかけていたのなら、襲撃犯の目星もついているのではないですか？」

「仕返しだろうと思う。立岡たちがドラッグを餌に強姦した被害者の一人が、別の非行グループとつながっていた。元マル走だ」

なるほど、それならば、犯人たちが立岡を襲撃した後に、あの場所に引きずっていった理由もわかる。つまり、女が被害にあった場所に立岡を放り出したわけだ。

安積が、手にしていた書類を差し出した。

「何です、これは？」

「その被害者の女性の資料だ。彼女と関係のある非行グループのリーダーの資料もある」

相楽は、驚いて言った。

「それをこちらに提供してくれるということですか？」

「そうだよ」

相楽は、なぜかむっとした。

「敵に塩を送るつもりですか」

「何を言ってるんだ。日野が情報を提供してくれたから、立岡の所在が確認できたんだ。それに、立岡がやられた傷害事件は、そっちの事案だ。資料を提供するのは当然だろう」

安積が言っていることは正論だ。同じ警察署の同じ課なのだから、協力し合うのが当然だ。彼はそう言いたいのだ。

それはわかっているのだが、なぜか敗北感があった。

貴重な資料だ。つっぱねるわけにはいかない。ここで妙な意地を張るのは、係長として許されない。

相楽は、無言で資料を受け取った。

安積が尋ねた。

「もう一つは？」

「え……？」

「二つのことが気になると言っただろう。もう一つは何だ？」

相楽は、言おうかどうか迷った。これを逃したら、もう二度と話をするチャンスはないかもしれないと思った。

「実は、日野とおたくの水野のことなんです」

安積は、表情を変えない。

「噂になっているそうです。自分はそういうのにうといので、今朝まで知りませんでした。ご存じでしたか？」

「ああ……」

安積は苦笑した。「噂は知っている。本庁の交通部所属なのに、なぜか臨海署中の話題に通じているやつがいてな……」

「日野が水野に情報提供をしたのは、そういう事情があったからでしょうか。それならば、少々問題だと思います」

「何が問題なんだ？」

「刑事同士ならば、それほど問題はないかもしれません。しかし、日野が惚れた相手が、もし新聞記者なんかだったら……」

安積は、かすかにほほえんだ。

「東報新聞の山口友紀子なんかだと、おおいにその可能性はあるな」

「万が一、新聞記者に捜査情報を洩らすようなことがあったら……」

安積は、溜め息をついて言った。

「そんな心配はない」

「どうしてそう言い切れるのです？」

「水野……？」

「もっと部下を信頼したらどうだ？」

「よその係の刑事と噂を立てられるような部下を信じろと言うのですか？」

「むきになるほどのことじゃないだろう」

「別にむきにはなっていません」

「年上の女房も悪くない」

「何ですって？」

「日野と水野だ。水野のほうが、二歳年上のはずだ」

相楽は、何を言っていいかわからず、じっと安積の顔を見つめていた。安積が笑い出した。

「そんな顔をするな。冗談だよ。噂は一人歩きするものだ。その件については、水野に話を聞いた。彼女は、申し訳ないが結婚する気も付き合う気もないと言っていた。それについては、すでに日野と話がついているということだ」

「その言葉を信じるんですか？」

「もちろん、信じる。そして、日野のことも、信じる」

「なぜです？」

「日野は、水野に振られたってことだ。なのに、腐らず、意地悪をすることもなく、今回情報提供してくれたんだ」

納得するしかなかった。

そのとき、安積の携帯電話が振動した。安積が「失礼」と言って、電話に出た。

「水野か？　どうした」

安積の表情が厳しくなった。電話を切ると、彼は相楽に言った。

「立岡が病院から姿を消したそうだ」

しまった、と相楽は思った。

このまま逃げられたら、見張りをつけなかった第二係の責任が問われるかもしれない。

相楽は安積に言った。

「通信指令センターに連絡して、緊配(きんぱい)を要請します」

「電車や車両を利用している恐れもある。発生署配備ではなく、指定署配備にしてくれ」

発生署配備は、事案が発生した地域を所轄する警察署単独の配備、指定署配備はその周辺のいくつかの署を指定しての配備のことだ。

「わかってます」

「では、俺は病院で水野と合流する」

「第二係の荒川と日野も向かわせます。使ってください」

「助かる。じゃあな」

安積が刑事課をあとにした。

相楽は、通信指令センターに連絡するために、受話器を取った。

3

立岡吾郎の身柄確保の知らせが入ったのは、それから一時間ほど経った頃だった。緊急配備が功を奏したのだ。

強行犯第一係が、立岡の身柄を臨海署に運んで来て、すぐに取り調べを始めた。

相楽班は、立岡の身柄を押さえたからといってほっとしているわけにはいかない。相楽班が抱えている傷害事案では、立岡は被害者なのだ。

彼を襲撃したグループを検挙しなければならない。

相楽は、係員を集めて、安積からもらった資料のコピーを配布した。

「立岡が加害者である事案と、被害者である事案とは別だ。俺たちは俺たちの仕事をする。いいな」

係員たちは、やる気まんまんで出かけて行った。

午後七時過ぎ、安積が戻ってきて相楽に告げた。

「立岡が全面的に自供した」

「そうですか」

わざわざ自慢しに来たわけじゃないだろうな。相楽はそんなことを考えていた。

安積が言った。

「どうした、次はあんたの番だろう」

「自分の番……?」

「立岡は、自分がやったことを自供したんだ。もう隠し事をする必要はない。今なら、あいつを襲撃したやつらのことをしゃべるだろう」

「自分が取り調べをしてもいいということですか?」

「当然だろう。そっちの事案は、まだ片づいていない。病院での事情聴取が充分だったわけではないのだろう」

「ええ、まあ……」

「早くしたほうがいい。まだ病院に送り返さなければならないような状態だ」

「わかりました」

相楽はこたえた。「すぐに始めます」


取調室で立岡と向かい合った。

安積が言ったように、あまり具合がよくなさそうだ。病院で寝ていたほうがいいだろう。

相楽は言った。

「俺に嘘の名前を言ったな？」

立岡は何も言わない。だが、病院で会ったときのようなぼんやりとした眼差しではない。

「もう嘘はなしだ。おまえが捕まって、おまえを襲撃したやつらが捕まらないのは不公平だろう。そいつらのことを知っているのなら、話してくれ」

立岡がちらりと相楽を見た。それでも何も言わない。

「勘違いするな。俺は、取り調べをしているわけじゃない。おまえを被害者として、事情聴取しているだけだ。おまえを襲ったやつらのことを話してくれれば、病院に戻してやる。怪我が辛いんだろう？」

立岡は、ふんと鼻で笑ってから話しはじめた。

「ドラッグの餌につられた女を輪姦したんだ。それが、面倒なやつと仲がよくてな……」

それから立岡は、彼が知っている限りのことを話すと言った。

その内容は、安積からもらった資料と矛盾していなかった。

相楽は、立ち上がって言った。

「協力を感謝する。病院でゆっくり休め。その後に起訴されることになるだろう」

立岡は、何も言わずに壁を見つめていた。

こういうやつらが更生することはあるのだろうか。

そんなことを思いながら、相楽は取調室を出た。


安積からもらった資料と立岡の証言を元に、首謀者を特定し、所在の確認を行った。非行グループのリーダーだ。そのグループの構成員も割り出した。

捕り物は、翌日の夜明けと同時だった。

非行グループを全員検挙した。

リーダーは、反抗的だったが、立岡のグループに襲われた女性のことを指摘すると、ようやくしゃべりはじめた。

昼近くのことだった。

第二係の傷害事案も、これで解決だった。

相楽は、ほっとしていた。

安積の力を借りたとはいえ、事案が片づくと、やはり達成感がある。いや、安積が言っていたように、日野が水野に情報を提供したから、向こうの事案も片づいたのだ。

お互い様だな。相楽は、そう思うことにした。

立岡が被疑者の事案と、被害者の事案。それらを、同一の事案として扱うか、あるいは別々の事案として扱うか……。それは、検察次第だ。

とにかく、刑事の仕事は果たした。相楽は気分がよかった。係員たちも少々浮かれ気味だ。

相楽は荒川を呼んだ。荒川は、不安気な表情で立ち上がり、近づいてきた。

「何でしょう？」

「送検のための書類で忙しいと思うが、ちょっと付き合ってくれ」

「はあ……」

相楽は、荒川を屋上に連れて行った。荒川は、説教でもされると思っているようだ。

相楽は言った。

「日野は、振られたらしい」

「は……？」

「第一係の水野だ。噂になっていると言っただろう」

「ああ、あの話……。へえ、日野は振られちまったんですか……」

「結論は出ているのに、噂だけが広まっている。まあ、人の噂も七十五日というが、日野は辛いだろう。力になってやってほしい」

荒川が、ぽかんとした顔で相楽を見ていた。相楽は、妙に照れくさくなった。

「なんだ、俺が何か妙なことを言ったか？」

「いや、そうじゃないんですが……」

「わかっている。俺が部下の私生活の話をするなんて思ってもいなかったんだろう？」

荒川がほほえんだ。

「いえ、そうじゃありません。係長ともなれば、いろいろと気苦労がおありでしょう」

「俺は、当面仕事のことしか考えられない。第一係に勝つためには、気を抜いていられないんだ」

相楽が言うと、荒川はうなずいた。

「係長、亀の甲より年の功っていいましてね……。日野のことは任せてください。日野だけじゃない。係員たちの細かいフォローは私に任せて、係長はひたすら前へ突っ走ってください。私らだって第一係には負けたくないんです」

「係員たちの私生活とか、個人的な思いに気を使うのは苦手なんだ」

「だから、それは私のような者に任せてくれればいいんです」

相楽はうなずいた。

「先に行ってくれ。しばらく風に当たっていく」

「失礼します」

荒川が立ち去ってからも、相楽はしばらく東京湾を眺めていた。この警察署にやってきてずいぶん経つのに、海を眺めたのは初めてのような気がした。

おそらく本当に初めてだろう。

「ここ、悪くないだろう」

背後から声をかけられて振り向いた。安積だった。

「この警察署、海のすぐそばなんですよね。そんなことを考えたこともありませんでした」

「まあ、警察官なんてそんなもんだ」

相楽は、安積のほうを見て言った。

「今回は、そちらからの資料提供で、事案を片づけられました」

「こっちも同じことを思っているよ」

「安積係長なら、そうおっしゃると思っていました。それがなんだか、癪（しゃく）に障りますね」

安積は笑った。

「水野がな、日野のことを尋ねたとき、こんなことを言った。水野の理想の相手は、自分がオブリガートになれるかどうか、なんだそうだ」

「何ですか、オブリガートって……」

「俺も知らなかったんだが、音楽用語らしい。対旋律とか、副旋律とかいう意味らしい。独奏とか、主旋律を引き立てるために、奏でられる旋律のことだそうだ」

「何のことかよくわからないんですが……」

「カウンターメロディーとも言うらしい」

「つまり、水野は、自分がサポートに回るような関係を望んでいるというわけですか？」

「ちょっと違う。相手を引き立てるために動きたくなるかどうか、ということだろう。その時々によって、どちらが主旋律になるかわからない。どちらがなってもいいんだ。そのとき、互いにぶつかるのではなく、どちらかが副旋律に回る」

「まあ、何となく、わかったような、わからないような……。男と女のことは、よくわからないんです」

「捜査もそうじゃないかと思う」

「はあ？」

「今回の第一係と第二係だ。互いに、片方が主旋律のとき、片方が副旋律の役割を果たした」

安積の言うことは理解できた。だが、やはりなぜか素直に聞き入れる気になれない。

「そんなことでは懐柔されませんよ。第二係は、第一係には負けません。これからも、精一杯競わせてもらいますよ」

安積はほほえんで言った。

「そうこなくっちゃな」

そして、悠々と歩き去った。

なぜだろう。

安積と話した後は、いつも敗北感が残る。勝ち負けの問題ではないのかもしれない。

だが、もうしばらくは勝ち負けにこだわらせてもらう。せっかく安積と競う絶好の機会を与えられたのだ。

相楽は、再び東京湾のほうに眼をやった。さっきよりも海が青く見えた。

驚くほど鮮やかな色彩と光だった。

解説

西上心太

二〇二一年の年頭にお届けした警察小説アンソロジー『矜持』が、おかげさまで好評をもって迎えられたため、ここに第二弾『相剋』をお届けすることができました。「警察小説の初心者にもなじみやすく、警察小説のマニアにも満足できる」という前巻のコンセプトに変わりはありませんが、警察小説というジャンルを牽引してきた作家に加え、中堅作家の少し変わった作品も選出しました。そして国内警察小説の歴史を語る上で欠かすことのできない藤原審爾の「新宿警察」シリーズを加えられる機会を得たことは、なによりも嬉しいことでした。

わが国の警察小説の歴史は前巻で紹介しておりますので、ご参考下さい。簡単にくり返せば、一九五〇年代に島田一男や藤原審爾がこのジャンルの先駆けとして登場し、八〇年代後半から大沢在昌、今野敏、黒川博行、逢坂剛らが積極的に手がけるようになりました。九〇年代に入ると、髙村薫が『マークスの山』で九三年上半期の第一〇九回直木賞を受賞します。この作品は作者初の警察小説であり、また警察小説が直木賞を受賞したのも初めてのことでした。同年下半期の第一一〇回では大沢在昌の『無間人形 新宿鮫Ⅳ』が、九六年上半期の第一一五回では乃南アサの『凍える牙』が受賞するなど、警察小説の秀作が増えていたことを物語っているでしょう。

しかしそれは個々の作品に対する評価で、ジャンルとして流行を見せたのは九〇年代終わりの横山秀夫の登場が大きかったと考えています。それ以降、横山秀夫を含む新たな書き手に加え、これまでこのジャンルに手をつけなかったベテランも参入し、以来二十年以上にわたって、ミステリー小説の一ジャンルとして確固とした人気を保ち続けているのです。

人の耳目があるところで、身分を明かしたくない刑事が、警察のことを「会社」と称するシーンがよく作品の中に登場します。たぶん実際もそうなのでしょう。警察は上意下達が徹底された組織ではありますが、紛うことなき「会社」でもあります。組織内における人間関係や、組織人であり続けることへの葛藤。それらは一般の会社員であろうと警察官であろうと、等しく存在する悩みでしょう。警察官としての矜持を抱きつつも、犯罪者だけでなく仲間に対しても相剋する。優れた警察小説には捜査小説としての楽しみだけではなく、どんな組織にも共通する普遍的な人間模様も渦巻いています。

　さまざまな事件、さまざまな警察官が登場するアンソロジーをお楽しみ下さい。

解題

「区立花園公園」大沢在昌

　大沢在昌は一九五六年生まれ。大学中退後に本格的に作家への道を志向し、七九年に「感傷の街角」で第一回小説推理新人賞を受賞。一度も他の仕事につかずにプロ作家として歩み始めた。受賞作に登場する佐久間公が主人公を勤める『標的走路』（八〇年）が初の著作。書き手と同世代の調査員・佐久間が活躍するハードボイルド小説は、後にシリーズ化される。高校生が育ての親の探偵事務所でバイトをする軽ハードボイルド「アルバイト探偵」シリーズなど、硬軟とり混ぜた作品を多数発表した後、ついに『新宿鮫』（九〇年）がベストセラーを記録し、人気と実力が一致した存在となった。同書で第十二回吉川英治文学新人賞と第四十四回日本推理作家協会賞を受賞。前述の通り『無間人形　新宿鮫Ⅳ』で第一一〇回直木賞を受賞。同シリーズの既刊は長編十一作、短編集一作の全十二作におよび、現在十二作目の長編が連載中だ。三十年以上にわたって続くライフワークともいえるシリーズである。

　本作はその「新宿鮫」シリーズ唯一の短編集に収録された一編だ。時系列順で言えば、新宿鮫と異名を取るようになる鮫島の最初期の物語にあたる。公安部のとある機密事項を握ってしまった鮫島は、その引き渡しを拒否したためエリートの立場を剝奪され、新宿警察署防犯課（現在は生活安全課）に異動になる、というのがこのシリーズの前提である。

　ところが鮫島は異動から半年で、暴力団の資金源である薬物がらみの犯罪を次々と挙げていく。そのため鮫島の出現は「警察との共存関係にアグラをかいてきた」暴力団にとって青天の霹靂となったのだ。その鮫島を葬り去ろうとする陰謀を画策するのが、周囲が避けるほどの腐ったリンゴと喩えられる悪徳刑事である。

　本作は上司・桃井防犯課長の視点から描かれる。桃井は後に鮫島の最大の庇護者であり理解者になるわけだが、そのきっかけとなった出来事をさらりと描いた、味わい深い小品である。

「新宿心中」藤原審爾

藤原審爾は一九二一年生まれ、一九八四年没。同人誌に発表した作品が河盛好蔵に認められ、その推薦を受け「新潮」に掲載された「永夜」でデビュー。翌年の恋愛小説『秋津温泉』が評判を呼ぶ。五〇年に肺結核が再発し、数年間に及ぶ入院生活を余儀なくされる。生活費のため入院中も書き続け、五二年に「罪な女」「斧の定九郎」「白い百足虫」で第二十七回直木賞を受賞する。以降は純文学から中間小説に転じ、任俠小説、動物小説、スパイ小説、時代小説、軽ハードボイルド小説など、書いていないジャンルはないと言われるほど、多彩な作品を量産し続けた。「新宿警察」シリーズは五〇年代から書き始められた警察小説で、日本の「87分署シリーズ」とも呼ばれている。エース格の若手・根来刑事、彼の妹の婚約者である戸田刑事、大ベテランの徳田刑事らを束ねる三十貫（百十二キロ）を超す巨体の持ち主である仙田主任。複数の個性的な刑事たちを配置し、新宿という猥雑な街を舞台に、事件と人間ドラマを描いたシリーズである。

　本作で取り上げられる事件は国際的な人身売買である。香港で日本人女性が保護されたことがきっかけとなり、新宿の雑居ビルの地下で、若い女性たちのセリ市が開かれていることが判明する。そこが管内のどこにあるのか。新宿署の刑事たちの奮闘が始まる。そんな最中に起きた心中事件を担当することになったのが、柔道五段剣道三段という猛者で、暴力団相手に強みを見せる山辺刑事だ。だが彼は家庭に大きな悩みを抱えていた。その心の隙にある陥穽が忍びこむ。刑事であることと、家庭人であることの対立。一人の刑事が抱える葛藤と、国際的な犯罪、そして市井で起きた小さな事件。その三つを巧みに溶け込ませた逸品である。

「日曜日の釣りは、身元不明」小路幸也

小路幸也は一九六一年生まれ。故郷の旭川市を舞台にした『空を見上げる古い歌を口ずさむ pulp-town fiction』（〇三年）で第二十九回メフィスト賞を受賞しデビュー。明治初期に創業された東京下町の古本屋を舞台に、一家と周辺の人々との交流や意外な関係を描いた、ミステリー的な味わいも濃い「東京バンドワゴン」シリーズが代表作。江戸時代を舞台にした前日譚を併せると、十七作を数える人気シリーズとなった。その他寂れかけた商店街が舞台となる「花咲小路商店街」シリーズなど、単発作品も含めるとすでに百作近い著作がある。

本作はこれまで三作品が刊行されている「駐在日記」シリーズの一作目に収録されている一編だ。

昭和五十年の春。蓑島周平と花の新婚夫婦は、神奈川県の山岳地帯を望む雉子宮駐在所に赴任する。周平は横浜署の腕利き刑事であったが、心身に傷を負った花のために、静かな村での駐在勤務を希望したのだ。本作は河原で釣り客と思われる中年男性の遺体が発見されるのが発端。犯罪を疑わせる証拠は見られず、病死であ

ることに疑いはない。だが裕福そうな身なりで、財布の中にも相応の現金があったのにもかかわらず、身分を証明するものが何も入っていなかったのだ。

　四季折々に起きる小事件に対処するのが周平の仕事である。刑事の経験もあり、周平の捜査はぬかりがない。だが彼には真相を白日の下に晒すより大事なことがあるのだ。それは雉子宮に住む人々の安寧である。所轄署から離れた駐在という立場を生かした、融通無碍な事件関係者への対応は、池波正太郎が描く『鬼平犯科帳』における長谷川平蔵の昭和版という趣を感じさせる。ほのぼのとした花の視点による語り口も魅力の一つだろう。

「月の雫」　大倉崇裕

　大倉崇裕は一九六八年生まれ。九七年に「三人目の幽霊」で第四回創元推理短編賞に佳作入選。翌九八年に「ツール&ストール」で第二十回小説推理新人賞を受賞。〇一年に『三人目の幽霊』でデビュー。落語や怪獣特撮もの、フィギュアに造詣が深く、特に初期はこの趣味を生かした作品が目立つ。前者がデビュー作に収録されている「落語」シリーズ、後者に登場するお人好しキャラがさまざまな事件に巻き込まれる「白戸修」シリーズ、動物が絡んだ犯罪を描いた「警視庁いきもの係」シリーズなどがある。

そして作者のもう一つの顔が、大変な「刑事コロンボ」マニアであることだ。その傾倒ぶりが嵩じて手がけたのが本作が収録されている『福家警部補の挨拶』に始まる「福家警部補」シリーズである。コロンボの放映を見るだけではなく、音声を録音し台詞をすべて覚えたという作者の傾倒ぶりや、『三人目の幽霊』以前の著作の存在など、数々の逸話が、『福家警部補の挨拶』文庫版にある小山正の解説に詳しいのでぜひ参照していただきたい。

本作は良質な酒の製造を志向している蔵元の経営者が、卑劣な手段で乗っ取りを謀る同業者社長を自社の酒蔵で殺すという物語だ。傑作ぞろいの「刑事コロンボ」の中でも、ひときわ人気の高い作品に、ワイン醸造所の兄弟間で起きた殺人を描いた「別れのワイン」がある。本作がその作品へのオマージュであることは間違いないだろう。

刑事が主人公とはいえ、警察小説というカテゴリーから外れるかもしれないが、童顔で小柄、酒も強く、徹夜も平気というタフネスぶりを発揮するワーカホリックなキャラクターと、優秀な頭脳を持つ犯人との対決は、相剋というテーマに合致するのではなかろうか。

「オブリガート」今野(こんの)　敏(びん)

今野敏は一九五五年生まれ。大学在学中に書いた「怪物が街にやってくる」で七八年に第四回問題小説新人賞を受賞。八二年に初の著作『ジャズ水滸伝』（現・奏者水滸伝　阿羅漢集結編）を上梓(じょうし)。数年間の兼業の後、専業作家となってからはコンスタントに作品を発表し、デビュー四十年をこえた現在、著作は二百冊を超えている。初期の頃は伝奇・武道アクション小説やＳＦが多い。近年は警察小説が中心だが、ときおり上梓される武道家の評伝小説も評価が高い。また時代小説も手がけるなど、さらにジャンルの幅を広げている。

本作はいくつも警察小説シリーズがある作者の中でも、もっとも古く作品数も多い「東京湾臨海署安積(あずみ)班」シリーズの中の一編である。

このシリーズは長編と短編を交互に連載し刊行するなど、作品ごとに細かな工夫をしていることにも注目してほしい。本作は『捜査組曲』に所収の一編だが、どの短編にも音楽用語がつけられている。加えて、安積警部補の部下やライバルなど、脇役たちを視点人物に据(す)えているのが、この短編集の特徴なのだ。

本作でフィーチャーされるのは、東京湾臨海署の規模拡大に伴って新設された強行班第二係の責任者相楽(さがら)警部補である。相楽は上昇志向の強い人物だ。幼いころから刑事ドラマに憧(あこが)れ入庁し、三十歳で念願の刑事となり、三十五歳で警視庁捜査一課に異動した。刑事の激務に耐えるため、酒も煙草も辞めたという克己心も備えている。栄転とはいえ捜査一課を離れ、一段落ちると考えている所轄署に配属になったことに多少の不満を抱いている。管内で起きた傷害事件を追うことになったが、その被害者は第一係の安積班らが手がけている窃盗、強盗、傷害など複数の嫌疑がかかったグループの一人だったことが判明する。

本アンソロジーのテーマ「相剋」にもっともふさわしい人物が相楽であろう。捜査一課に在籍していた時から、一介の所轄の係長でありながら評判の良い安積を気にしていたのだ。それが同じ署で同じ立場の責任者として並ぶことになったのであるから、相楽の安積に対する敵愾心は燃え上がる。そんなおりに自分の事案と安積の事案が交錯することになったのだ。その顚末がどうなるのか、相楽の相剋の行方は。警察小説の手練れが描く顚末をじっくりと味わっていただきたい。

以上五編、楽しんでいただけましたでしょうか。アンソロジーは横糸です。お気に入りの作家が見つかったら、その作家の作品を縦糸にして、読書の織物をどんどん広げていっていただければ、編者としてこれに勝る喜びはありません。

（文芸評論家）

〈出典〉

「区立花園公園」大沢在昌
『鮫島の貌(かお)　新宿鮫短編集』所収　光文社文庫
「新宿心中」藤原審爾
『新宿警察』所収　双葉文庫
「日曜日の釣りは、身元不明」小路幸也
『駐在日記』所収　中公文庫
「月の雫」大倉崇裕
『福家警部補の挨拶』所収　創元推理文庫
「オブリガート」今野 敏
『捜査組曲　東京湾臨海署安積班』所収　ハルキ文庫

本書は、ＰＨＰ文芸文庫のオリジナル編集です。

収録作品には、今日では差別的表現とされる用語が使用されています。しかし、作品が書かれた時代背景を考慮し、また差別的意図をもって書かれたものでないことなどを考え、発表掲載時のままといたしました。（編集部）

著者紹介

大沢在昌（おおさわ　ありまさ）

1956年、愛知県生まれ。79年、『感傷の街角』で小説推理新人賞を受賞しデビュー。91年、『新宿鮫』で吉川英治文学新人賞と日本推理作家協会賞長編部門を受賞。94年、『無間人形 新宿鮫IV』で直木賞、2004年、『パンドラ・アイランド』で柴田錬三郎賞、10年、日本ミステリー文学大賞、14年、『海と月の迷路』で吉川英治文学賞を受賞。
著書に、『夢の島』『亡命者　ザ・ジョーカー』『爆身』『熱風団地』、「新宿鮫」シリーズなどがある。

藤原審爾（ふじわら　しんじ）

1921年、東京生まれ。文芸同人誌の手伝いをする傍ら創作を始める。47年、文学史上に残る名作『秋津温泉』を発表。52年、『罪な女』他で第27回直木賞を受賞。純文学からサスペンス、任侠小説、ハードボイルド、社会性の強い作品や動物小説、ユーモア小説など、幅広い作品を執筆し「小説の名人」とうたわれた。84年、逝去。

小路幸也（しょうじ　ゆきや）

1961年、北海道生まれ。広告制作会社勤務などを経て、2002年に『空を見上げる古い歌を口ずさむ pulp-town fiction』で、第29回メフィスト賞を受賞して翌年デビュー。温かい筆致と優しい目線で描かれた作品は、ミステリから青春小説、家族小説など多岐にわたる。13年、代表作である「東京バンドワゴン」シリーズがテレビドラマ化される。
著書に、「花咲小路商店街」「駐在日記」「すべての神様の十月」などの各シリーズがある。

大倉崇裕（おおくら　たかひろ）

1968年生まれ。京都府出身。学習院大学法学部卒業。97年、「三人目の幽霊」で第4回創元推理短編賞佳作を受賞。98年、「ツール＆ストール」で第20回小説推理新人賞を受賞。落語を愛好し、登山を趣味とし、特撮や怪獣、海外ドラマに造詣が深い。精力的な執筆を続け、『福家警部補の挨拶』は2009年、14年にテレビドラマ化されるなど人気を博す。また2017年4月公開の映画『名探偵コナン から紅の恋歌』の脚本を担当し、大ヒットとなる。
著書に、「警視庁いきもの係」「福家警部補」各シリーズや、『死神さん』『秋霧』などがある。

今野　敏（こんの　びん）

1955年、北海道生まれ。上智大学在学中の78年、『怪物が街にやってくる』で問題小説新人賞を受賞。卒業後、レコード会社勤務を経て作家に。2006年、『隠蔽捜査』で吉川英治文学新人賞、08年、『果断 隠蔽捜査2』で山本周五郎賞、日本推理作家協会賞、17年、「隠蔽捜査」シリーズで吉川英治文庫賞を受賞。
著書に、『キンモクセイ』『スクエア』『ボーダーライト』『ロータスコンフィデンシャル』などがある。

編者紹介

西上心太（にしがみ　しんた）

文芸評論家。1957年生まれ。東京都荒川区出身。文芸評論家、ミステリ評論家。早稲田大学法学部卒。同大学在学中はワセダミステリクラブに在籍していた。主にミステリ作品の評論をしている。日本推理作家協会員でもあり、数々の推理小説で巻末解説を担当している。

PHP文芸文庫　相剋（そうこく）
警察小説傑作選

2022年1月20日　第1版第1刷

著　者　大沢在昌　藤原審爾
小路幸也　大倉崇裕
今野　敏
編　者　西上心太
発行者　永田貴之
発行所　株式会社PHP研究所
東京本部　〒135-8137 江東区豊洲5-6-52
第三制作部　☎03-3520-9620（編集）
普及部　☎03-3520-9630（販売）
京都本部　〒601-8411 京都市南区西九条北ノ内町11
PHP INTERFACE　https://www.php.co.jp/
組　版　朝日メディアインターナショナル株式会社
印刷所　図書印刷株式会社
製本所　東京美術紙工協業組合

ISBN978-4-569-90193-0

PHP文芸文庫

矜持（きょうじ）

警察小説傑作選

大沢在昌／今野 敏／佐々木 譲／黒川博行／安東能明／逢坂 剛 著　西上心太 編

おなじみの「新宿鮫」「安積班」から気鋭の作家の意欲作まで、いま読むべき警察小説の人気シリーズから選りすぐったアンソロジー。